낯선 여자가
매일 집에 온다

낯선 여자가
매일 집에 온다

무라이 리코 지음   이지수 옮김

오'르골

추천사

우리는 지금 참 멋진 세상을 살아가고 있습니다.

더할 나위 없이 편리한 문명사회와 눈부신 의학의 발달로 누구나 100세, 혹은 그 이상도 살 수 있는 장수의 꿈을 이루게 되었으니까요.

이 멋진 세상에서 우리는 아이러니하게도 '치매'라는 병에 맞닥뜨리게 됩니다. 왜냐하면 치매의 가장 큰 원인이 에이징Aging, 바로 노화이기 때문입니다.

치매는 정상이던 사람이 다양한 원인에 의해 뇌세포와 뇌혈관이 손상되어 뇌가 담당하던 기능이 소실되고, 그 결과 혼자 일상생활을 하지 못하게 되는 기질적인 병입니다. 우리나라뿐 아니라 전 세계 사람들이 치매에 걸리지 않기를 소망하지만 안타깝게도 뇌세포와 뇌혈관을 지닌 한 누구나 걸릴 수 있는 병이 바로 치매입니다.

지난 20여 년간 수많은 치매 환자와 가족들을 접하면서, 그분들이 준비 없이 만난 이상한 증상과 낯선 상황들을 분석하고 진단하며 치료에 힘써왔습니다. "도대체 이해할 수가 없어요! 우리 어머니가 왜 이처럼 말도 안 되는 행동을 하실까요?"라고 분노하는 보호자들에게는 이렇게 말씀드리곤 합니다.

"내가 만일 치매에 걸렸다고 상상해 보세요. 어떤 기분일까요? 그리고 그분들을 다시 바라보세요."

《낯선 여자가 매일 집에 온다》, 이 책은 바로 '치매에 걸린 나'의 이야기입니다. 내가 치매에 걸려서 바라보는 세상은 어떤 모습일까? 이 책을 읽어 내려가며 마치 잔잔한 호수에 물수제비뜨는 것처럼 가슴속에서 까닭 모를 일렁임이 느껴졌습니다. 바로 제가 수많은 분들을 진료하고 또 강연하면서 전했던, "세상을 치매 환자의 눈으로 바라봐 주세요"란 말 그대로 주인공 치매 환자가 바라본 세상이

고스란히 담겨 있었기 때문입니다.

어쩌면 우리는 인생 여행을 마감하기 전, 고령사회에 실과 바늘처럼 따라오는 치매란 병을 마치 이웃 친구처럼 만나게 될지 모릅니다. 어느 날 갑자기 '이상한 나라의 앨리스'처럼 이상한 세계로 빠져 들어가서도 당황하거나 무서워하지 않고 이겨내려면 이 책을 꼭 읽어보시길 권합니다.

《낯선 여자가 매일 집에 온다》는 고령사회를 살아가는 우리가 반드시 읽어야 할 필독서입니다. 이 책은 치매 환자의 시선으로 바라보는 세상을, 실화를 바탕으로 생생하게 그려내고 있습니다. 일반인들이 치매라는 병에 대해서 미리 대비하기에도 좋고, 지금 치매 환자를 돌보는 가족이나 전문 시설 종사자들, 의료진들에게도 치매 환자를 이해하는 데 많은 도움이 되리라 확신합니다.

우리는 두 눈으로 세상을 바라보지만, 치매 환자들은 한쪽 눈을 가린 채 보게 됩니다. 이 책은 그렇게 눈 하나로 세상을 바라보는 치매 환자가, 다른 세상에서 자신을 지켜보는 우리들에게 전하는 진실의 메아리입니다.

"자꾸자꾸 낯설고 까먹고 화를 내기도 하지만, 일부러 그러는 게 아니야, 나도 최선을 다해서 이 세상을 살아가고 있어! 너희들이 소중하게 생각하는 삶을, 나도 소중하게 생각하고 있어. 고맙고 사랑한다."

치매 환자를 더 잘 이해하고 돌보고 치료하려면, 그분들의 눈높이에 맞춰야 합니다. 이 책을 읽다 보면, 우리가 치매 환자를 가르치려 들거나 지시하던 일, 하지 말라고 야단하던 일, 속상했던 일을 내려놓고 어느새 한 개의 눈으로 그분들과 같은 세상을 바라보게 됩니다.

해븐리병원 이은아 원장

(신경과 전문의, 의학박사, 《이은아 박사의 치매를 부탁해》 저자)

차
례

이 이야기는
사실을 바탕으로 쓰였습니다.

프 롤 로 그

따스한 봄

침실 창문으로 부드러운 빛이 쏟아지고 있다. 작고 귀여운 새가 지저귀는 소리가 들려온다. 천장의 무늬도, 침대 옆의 선반도 분명 모두 익숙한데 내가 있는 곳이 어디인지 모르겠다.

난 언제부터 잠든 거지?
오늘은 무슨 요일이야?
여긴 누구의 방이람?

이불 밖으로 오른팔을 살며시 꺼내어 머리맡에 놓여 있던 안경을 썼다.

왼쪽을 보자 낯선 노인이 코를 골며 자고 있다.

누구야, 이 사람. 본 기억이 없는데. 이런 주름투성이 할아버지, 난 몰라요. 누구세요? 누군가랑 닮은 것 같은데, 어딘가에서 만난 적이 있을지도 모르겠네요. 이봐요, 내가 아는 누군가 씨. 좀 일어나 보세요. 얼굴을 제대로 보여주세요.

혹시… 내 남편?

이 옆얼굴은 남편일지도 몰라. 아아, 남편이잖아. 자, 이불 잘 덮어야지. 오늘 아침은 좀 쌀쌀하니까 감기 걸릴 수도 있잖아요. 그렇지 않아도 작년 엄청 더운 날에 뇌경색으로 쓰러져 석 달이나 입원했잖아요? 잠깐, 석 달이나 입원했다고? 어느 병원에?

그건 분명….

1장

너는 나쁜 사람

이듬해 상쾌한 가을

　낯선 여자가 매일 집에 온다. 거침없이 현관으로 들이닥쳐 큰 소리로 인사하는 동시에 제멋대로 부엌에 들어간다.

　몸에 익은 동작인 게 너무 괘씸하다.

　양해를 구하는 말도 없이 냉장고 문을 열고, 네가 동네 마트에서 사다 놓은 식재료를 거친 손놀림으로 고르더니 남편이 좋아하는 요리를 만들겠다고 한다.

　어째서 남편의 입맛을 파악하고 있을까. 이상한 일이다.

　나에게는 설 자리가 없다.

　여자가 오면 내가 설 자리가 없다. 방해물 취급을 받으니까 어쩔 수 없다. 쓸모가 없다고, 능력이 없다고 넌지시 말했으니까.

　낯선 여자가 집에 들이닥쳐 내가 이제껏 소중히 사용해온, 깨끗이 쓸고 닦아온 부엌을 마음대로 주무르다니. 이것은 굴욕일 뿐이다.

　나는 실격 낙인이 찍힌 주부가 되었다.

　남편은 요리하는 여자의 모습을 보며 기쁜 기색이다. 고맙다고 몇 번이나 거듭 말하고 있다. 내가 아무리 요리를 해도 나에게는 여태까지 한 번도 고맙다는 말 같은 건 해준 적이 없었다.

　이건 질투가 아니다. 한심해하는 것이다.

　그 나이를 먹고도 젊은 여자에게 열을 올리다니, 동네 사람들이 알까 봐 부끄러워 견딜 수 없다.

　그래서 나는 그런 남편의 모습을, 집 밖으로 슬쩍 나가 부엌 창문 맞은편에서 몰래 훔쳐본다. 감시하고 있다. 빨래를 너는 척하면서, 낙엽을 모으는 척하면서.

내가 전부 보고 있다는 걸 남편은 알아챘을까. 싱글벙글 웃기나 하고, 정말이지 태평한 인간이다.

요즘은 내가 언짢아한다는 건 눈치챘는지 여자가 오면 겉옷을 껴입고 정원으로 나간다. 정원의 나무들을 손질하더니 한숨을 내쉰다. 근심 어린 옆얼굴을 의도적으로 내보인다.

아무리 숨겨봤자 나는 안다고요. 우리 집에 오는 여자들 중 한 명과 당신이 사귄다는 것쯤이야.

남편이 쓰러진 뒤로 눈 깜짝할 사이에 계절이 변했다. 바깥은 완전히 추워져 방금 세탁기에서 꺼낸 빨랫감을 널려고 집어 들면 손가락이 아플 정도로 차갑다. 하지만 이것이 지금 내가 하는 일이다.

얼마 전까지만 해도 집안일을 완벽하게 소화했다. 뭐든 할 수 있었다. 이제까지 쭉 남편을 위해, 아들을 위해 하나부터 열까지 완벽하게 우리의 집을 지켜왔다. 두 사람을 불편하게 한 적은 지금껏 한 번도 없었다. 하지만 부엌을 낯선 여자에게 빼앗겼으니 어쩔 수 없잖아.

나는 요리가 특기였고 청소도 완벽했다. 마루가 깔린 근사한 복도는 남편의 자랑거리였으므로 매일 아침 꼼꼼하게 윤이 나도록 닦았다.

너는 언제나 "어머님은 정말 대단하시네요, 집안일이 완벽하세요"라고 했다. 아들 역시 "엄마 요리가 최고야"라고 늘 말했다. 그런데도 지금은 그저 빨래하는 할머니다.

문득 봤더니 손가락이 꽤 많이 굽어 있다.

언제부터 이렇게 굽어버렸는지 기억이 나지 않는다.

손톱에는 분명 펄이 옅게 들어간 매니큐어를 발랐었는데 모두 벗겨져 있다. 꽃꽂이 선생을 하던 시절에는 손가락이 이렇지 않았는데, 불안한 마음이 든다. 언제 이토록 나이를 먹었나 싶어 슬프다.

그러고 보니 꽃꽂이는 무슨 요일이었더라? 내 수업 학생이었던 야마시타 씨, 사이토 씨, 간다 씨, 그 사람들은 분명 화요일 오후였지? 한동안 못 만난 것 같으니 오늘 밤에 전화해 보자.

그나저나 이 여자는 언제까지 우리 집에 있을 셈이람.

나와 남편에게 무척이나 고압적인 태도로 열을 재라느니, 약을 먹으라느니, 혈압을 측정하라느니 강요한다. 코로나가 심각하니까 외출은 삼가라니, 대체 본인은 얼마나 잘나셨기에? 코로나가 그렇게 위험하다면 우리 집에 안오면 되잖아요. 내 남편이 바이러스에 감염되면 어떻게 책임질 거예요?

복약 확인? 자격이 있다고?

전부 새빨간 거짓말인 거 다 안다.

대체 누구일까. 왜 나한테 친한 척 말을 거는 걸까. 오늘 처음 만났죠? 상식 있는 사람이라면 좀 더 예의 바르게 말하지 않을까요? 그야 초면이니까요. 게다가 난 당신보다 나이가 많다고요. 이봐요, 누구세요?

시작은 나가세 씨였다. 웃는 얼굴이 예쁘고 명랑한 사람인데 옷맵시도 무척 좋았다. 50대 초반이니 나보다는 훨씬 젊은 여자.

　남편은 나가세 씨를 아주 좋은 사람이라고 했다. 베테랑 케어매니저Care Manager*라고 알려줬다. 내가 나가세 씨에 대해 뭐라고 하면, 신세를 지고 있으니 그런 식으로 말해서는 안 된다고 나무랐다.

　남편은 멍청해서 금방 속는다. 특히 예쁘면 홀딱 속아 넘어가서 데꺽 집에 들인다. '케어'라느니, '데이'라느니, '스테이'라느니, 영어를 써가며 잘난 척하지만 나가세 씨 덕분에 이쪽은 엄청난 피해를 입고 있다.

　나가세 씨가 우리 집에 처음 온 날이 지금도 선명하게 기억난다. 남편이 재활 입원 치료를 끝내고 집으로 돌아와 시간이 좀 흐른 때였다. 내가 그날을 기억하는 이유는 나가세 씨가 나에게 무척 실례되는 말을 했기 때문이다.

　"슬슬 느긋하게 생활하시면 어떨까요? 저희가 도와드릴

●　　일본 지역포괄케어 시스템에서 간병 서비스를 계획하고 관리하는 전문가.

게요. 저희한테 뭐든 말씀해 주세요."

나가세 씨는 이렇게 말하며 함께 와 있던 데이센터**의 책임자라는 사람과 시선을 슬쩍 교환했다. 그 순간 이 두 사람에게 무슨 꿍꿍이속이 있다는 걸 직감했다.

"그리고 말이죠, 어머님. 지금부터 아주 중요한 말씀을 드릴게요. 자동차 운전은 이제 그만하시는 편이 좋겠어요. 아버님도 어머님께 운전을 그만하라 설득하고 있지만 귀 담아 듣지 않으신다더군요. 집 부지에서 차를 박으셨다는 것도 들었고요. 가족분들이 걱정이 많으세요. 이제부터는 아드님 부부께 아버님 통원길 동행을 부탁드리면 어떨까 요. 아니면 택시도 괜찮잖아요. 필요한 물건을 사는 건 홈 헬퍼***한테 부탁하실 수도 있고요."

나는 갑자기 이런 무례한 말을 들으니 당황스럽고 충격

●● 데이케어센터를 줄여 말한 것. 데이서비스와 재활 등이 이루어지는 시설.

●●● (일본에서) 노인 가정을 방문하여 돌보는 요양보호사.

이 컸다.

그래서 맹렬히 반론을 폈다.

"차를 박은 적은 한 번도 없어욧! 이렇게 심한 말을 듣다니 너무 충격적이네요. 실례라고요. 게다가 나는 지금까지 사고 한 번 낸 적 없는 베스트 드라이버예요!"

어느 틈에 내 옆에 앉은 네가 나를 달래듯이 말했다.

"어머님, 차는 벌써 몇 번이나 박으신걸요. 저희 집 문에도 박으신 적 있잖아요? 그걸 탓하는 건 아녜요. 모두들 걱정이 많이 되니까 이렇게 말씀하시는 거죠. 가능하면 어머님이 자발적으로…."

그러더니 도중에 포기한 듯 더 이상 아무 말도 하지 않았다.

이 애는 거짓말을 하고 있다. 나는 단 한 번도 차를 박은 적이 없다.

나가세 씨는 네 편을 들어주듯 "어머님, 며느님도 이렇

게 말씀하시니 운전은 그만하시는 게 어떠세요?" 하고 압박했다.

거기 있는 모든 사람의 입을 확실히 틀어막기 위해 나는 진실을 눈앞에 들이밀기로 했다. 서둘러 내 방으로 가서 면허증 케이스를 들고 와 펼쳐 보인 것이다.

"내가 운전하면 안 된다고 어디에 쓰여 있어요? 법률로 정해져 있나요? 어떠세요? 후기고령자*는 차를 운전하면 안 된다고 법률로 정해져 있다면, 어느 법률 몇 조에 쓰여 있는지 지금 이 자리에서 알려주세요. 만에 하나 법으로 정해져 있으면 지키겠지만, 그게 아니라면 운전은 관두지 않을 거예요. 면허도 절대로 반납 안 할 거고요. 이 면허증을 보세요. 여기에 '운전해도 좋습니다. 안전 운전 하세요'라고 분명히 적혀 있잖아요."

나는 이렇게 말하며 내 사진 옆의 문구를 손가락으로 가리켜 보였다.

———————

* 노인 인구를 전기(前期)와 후기(後期) 2단계로 구분, 75세 이상을 이르는 말.

나의 목소리가 점점 커지는 게 느껴졌다.

열기를 띤 강한 분노를 어떻게든 진정시키려고 가슴을 손바닥으로 세게 눌러도 붉어진 얼굴은 원래대로 돌아오지 않았고, 떨리는 입가도 감출 수 없었다.

나가세 씨는 곤란한 듯한 표정을 지었고 데이센터의 책임자는 식은 녹차 잔을 바라봤다. 너는 작게 한숨을 쉬며 넌더리를 내는 듯했다. 넌더리가 나는 건 나인데도.

내 편이라 여겼던 너도 나가세 씨에게 무언가를 잔뜩 일러바치고 남편과 나의 생활을 간섭하게 되었다. 나가세 씨는 훌륭한 케어매니저라고, 명랑하고 유쾌하며 다정한 분이라고 한다. 영리한 줄 알았던 너조차 이 모양이라니. 나가세 씨의 감언이설에 넘어간 건 경험이 부족한 탓일 수도 있다. 그렇다면 나무랄 마음은 없다.

하지만 나가세 씨, 당신이 꼭 알아둬야 할 게 있어요. 남편을 이 세상에서 가장 잘 이해하는 건 나예요. 그러니 당신이 나설 자리는 없어요. 결단코, 전혀 없다고요. 아시겠죠?

너에게 한번 물어본 적이 있다.

"매일 교대로 우리 집에 오는 그 여자들, 대체 뭐야?"

그러자 너는 "어머님, 그 사람들은 아버님과 어머님의 생활을 도와드리는 분들이에요. 간병 프로죠"라고 하던데, 나는 집안일 프로거든?

나는 벌써 60년이나 주부 일을 훌륭히 수행해 왔다.

"누구나 어머님은 완벽하다고 했지. 그건 너도 알잖아? 그런데 지금 너, '간병'이라고 한 거니?"

너는 내 눈을 가만히 바라보며 진정시키듯 타이른다.

"어머님이 완벽하신 건 저도 알죠. 하지만 어머님도 이제 여든이시잖아요. 슬슬 편하게 지내셔도 괜찮지 않을까요. 어머님은 후기고령자세요. 도와드리겠다는 분이 있으니 감사한 마음으로 받아들이시면 좋잖아요."

　그 말을 들으니 일리가 있다는 생각이 든다. 나도 이제 여든 살, 슬슬 느긋하게 생활하는 것도 괜찮을지 모른다. 그러나 몸도 움직일 수 있고 머리도 맑다. 가끔 깜빡깜빡 하긴 하지만 그것도 자주는 아니다.

　네가 눈치껏 가사 도우미를 고용해 준 거라면 이야기가 달라진다. 그렇다면 대환영이지. 너는 무뚝뚝한 면도 있지 만 다정한 애니까, 어쩌면 그럴 수도 있다. 여하튼 내 자랑 스러운 아들의 아내니까. 너는 어머니의 애정을 모르는 아 이. 외로운 아이. 그래서 내가 딸처럼 소중하게 키워왔다. 훌륭한 숙녀로 길러냈다.

　저 사람들이 청소와 요리를 해주는 건 소중한 가족이 주 는 선물이었다는 사실을 깨달았다. 필요한 물건도 대신 사 다 준다. 그러니 그걸 마음 편히 받아들이면 된다.

　"맞아요, 어머님. 그냥 받아들이시면 돼요."

　너는 거듭 그렇게 말했다.

그런 거야? 알겠어. 처음부터 그리 말해 줬다면 좋았을 텐데. 도우미라면 고마운 일이지.

　하지만 그 나가세라는 여자? 산뜻한 초록색 셔츠에 청바지를 입은, 옷맵시가 무척 좋고 웃는 얼굴이 멋진 그 사람 말이야. 케어매니저라고 불리는 것 같은데. 그 사람이 올 때마다 남편의 데이나 스테이가* 많아지고 집에 오는 사람이 늘어난다. 데이가 많아지면 나도 남편을 돌보기 위해 따라가야 한다. 데이센터에서는 모두가 나를 걱정스럽게 쳐다본다. 큰 목소리로, 마치 유치원생에게 말을 거는 양 천천히 이야기한다. 나는 보호자인데도 정말이지 바보 취급을 당한다. 불쌍한 사람이라도 대하는 듯한 눈으로 나를 바라보는 게 괘씸해서 견딜 수 없다. 내가 누구인 줄 알고. 아침 댓바람부터 동요를 부르면서 즐거워하는 할머니로 보이는 걸까? 율동이라고? 장난하지 마.

---

* 　데이는 데이서비스. 스테이는 쇼트 스테이, 즉 단기보호.

일주일에 두 번 가는 데이센터가 나쁜 곳이라고는 생각하지 않는다. 데이센터란 앞서 말한 나가세 씨가 소개해 준 노인 대상의 체육관이다. 후기고령자라고 해도 몸을 움직이는 건 중요하다고 너는 힘주어 말했다.

"어머님이 여럿이서 노래 부르거나 게임을 하는 건 거북하다고 하셔서 나가세 씨한테 운동할 수 있는 곳이 없을지 찾아봐 달라고 했어요. '데이서비스, 마음에 별 다섯 개', 헬스장 같고 너무 좋죠? 직원분들도 모두 친절하잖아요! 그야말로 '별 다섯 개'예요. 아하하!!"

분명 나도 즐겁게 다니고 있다. 몇 살이 되든 예쁘고 싶으니까. 그렇다 해도 나는 남편의 보호자로 가는 거다. 난 건강한걸. 나이만 먹었을 뿐 병치레 한 번 한 적이 없다니까. 요즘 확실히 건망증이 심해지긴 했지만 주치의는 내 나이에 자연스러운 일이라고 말했다.

남편이 가벼운 치매를 앓는 건 슬픈 일이다.

남편은 작년 여름 무척 더운 날 뇌경색으로 쓰러졌다. 그리고 오랫동안 멀리 있는 병원에 입원했다. 그 후유증으로 조금….

하지만 말이야, 요즘은 꽤나 건강해졌지? 아들도 너도 이제부터는 일주일에 두 번, 데이센터라는 곳에서 운동하며 건강하게 지내자고 말했잖아.

"집에만 계시는 건 좋지 않아요. 누워만 계시면 안 돼요. 약해진 몸을 단련시켜 주는 데이센터는 멋진 곳이에요. 아버님과 어머님을 건강하게 만들어드리죠."

케어매니저인 나가세 씨까지 그렇게 말했다. 몇 번이나, 몇 번이나.

네에, 알겠어요. 알겠다니까요.

그렇게 몇 번씩 말하지 말아줘. 혼나는 것 같아서 괴로워지니까.

월요일과 목요일. 젊은 남자 직원이 멋있다. 나이는 내

손자뻘일까, 깜짝 놀랄 정도로 몸집이 큰 사람. 그래서 나도 모르게 "덩치가 좋네요"라고 말해 버린 적이 있다. 그러자 그는 "네, 저는 체육대학을 나왔거든요" 하고 웃으며 대답했다. 무척 상냥한 사람이라서 진짜 손자 같다.

데이센터 활동이 끝난 뒤 그 직원이 나를 큰 차로 집까지 바래다줬다. 그런데 어째서 우리 집을 알고 있었던 걸까. 주소가 알려진 걸까? 설마 그렇진 않겠지만 주의는 기울여야 한다. 이런 할머니는 아무도 신경 쓰지 않는다는 건 알지만 무서운 세상이니 조심하는 게 최고다.

체육대학 씨는 좋지만 데이센터의 직원 중에는 싫은 사람도 있다. 야마나카 씨다. 요전에 남편의 등에 손을 딱 붙이고 정답게 함께 걸어갔다. 마치 나에게 과시하듯이. 남편과의 사이를 자랑하듯이.

확실히 젊고 예쁜 사람이다. 데이센터의 직원 중에서는 눈에 띄는 미인이다.

창피해서 살 수가 없다.

나잇살이나 먹고서 기쁜 표정으로 헤벌쭉 웃는 남편을 볼 때마다 피가 거꾸로 솟는다. 스스로 주체가 안 될 정도로 열받는다. 얼굴이 새빨개질 만큼 창피하다. 한심하다. 늘어질 대로 늘어진 남편의 얼굴을 있는 힘껏 때려주고 싶다.

나쁜 건 남편뿐만이 아니다. 야마나카 씨도 좀 이상하다. 남자의 몸에 거리낌 없이 손을 대다니, 염치도 없지. 잘도 그런다 싶다. 여러 사람이 보고 있잖아. 다들 웃고 있었다고요. "저 할아버지, 여자 밝히네. 호색가 영감이야" 하는 소리가 들렸다고요.

그래서 난 이제 남편을 데이센터에 보내지 않을 거다. 누가 뭐라 해도, 아들과 네가 데이센터에는 꼬박꼬박 나가야 한다고 말해도 남편은 그곳에 가지 않고 계속 집에 있어야 한다. 거긴 나쁜 여자가 있으니까. 나쁜 여자가 이 집을, 우리가 고생해서 지은 집을 빼앗으려고 하니까. 그런데도 남편은 운동이 중요하므로 데이센터에 계속 나갈 거라며 물러나지 않는다.

그래, 그 사람이다.

전부 나가세 씨가 나쁘다.

나가세 씨만 안 온다면, 그녀만 입 닫고 있어준다면 그걸로 좋다. 그래서 그녀가 인터폰을 누르면 있는 대로 불쾌한 목소리를 내며 대답한다. 집으로 들어오면 평범하게 이야기하는 척하지만 마음속으로는 '메롱' 하고 있다.

나를 늙은이로 여기고 깔보면 안 돼. 나는 머리가 쌩쌩 돌아가는 영리한 여자니까. 당신이랑은 경험치가 다르거든. 아직은 지지 않아.

처음 나가세 씨를 우리 집에 데려온 사람은, 내 기억이 맞다면 너였다. 나는 너를 이제까지 내내 믿어왔다. 너만큼은 나를 배신하지 않을 거라고 생각했다. 아무튼 내가 키웠으니까. 떠돌이 개 같던 아이를 어엿한 여성으로 만든 건 바로 나야.

그러나 지금까지의 경위를 냉정하게 돌아보면 너도 저쪽 편 사람인 게 틀림없다. 아들이 그런 무서운 상대와 결혼하리라고는 꿈에도 생각지 못했지만, 아직 이 사실을 아들에게는 말하지 않았다.

너는 나가세 씨와 편먹고 이 집을 빼앗으려 하고 있어.

너 말이야, 전부 네가 뒤에서 조종하는 거지? 속이려 해봤자 소용없어. 나한테는 다 보이니까.

2장

파파몬은 나쁜 사람

섣달

실은 너한테 잊어버리고 말하지 않은 게 있어. 네 시아
버지에 대해서야. 지금 집에 있는 시아버지는 진짜 시아버
지가 아니라, 병원에 입원 중인 시아버지가 나한테 선물해
준 로봇이란다. 이름은 '파파몬'이라고 해.

귀엽지?

입원이 길어진 네 시아버지가 나를 걱정해서, 외로울 땐
자기 대타인 로봇이랑 이야기하라며 택배로 부쳐줬어. 이
사실을 완전히 까먹고 네 시아버지가 차가워졌다고 생각
했는데, 어차피 상대는 로봇이니까 어쩔 수 없지 뭐. 이런
이유로 매일 싸움이 끊이지 않아.

너는 걱정해 줬지만 괜찮단다. 그건 로봇이니까. 뭘 하
든 딱히 문제 될 건 없어. 놀랐니? 미안해. 이제까지 잠자

코 있어서….

. . .

　파파몬은 나와 대화를 나누려 하지 않는다. 늘 언짢은
표정으로 잠만 잔다. 데이센터에 가는 날은 아침부터 바쁘
게 움직이는데, 그런 변덕스러운 파파몬을 보면 나는 화가
난다. 나는 데이센터에 발길을 끊었다.

　남편을 데리러 온 데이센터의 직원은 내가 몇 번이나 거
절했는데도 "어머님도 가시죠. 재밌을 거예요! 다들 어머
님이 오시길 기다리고 있답니다" 하며 빤한 거짓말을 한
다. 내가 속을까 보냐.

　대체 누가 나를 기다린다고.

　내가 가면 여자 직원들은 일제히 내 뒷담화를 시작하고,
나를 흘깃흘깃 쳐다보면서 무시하는데도. 파파몬에게만
딱 달라붙고 나는 방치하는데도.

아무리 데이센터에 가자고 권해와도 "미안해요, 제가 좀 바빠서요"라고 정중히 거절하게 된 건 그 때문이기도 하다.

바쁘다는 게 꼭 거짓말은 아니다. 나에게는 매일 해야 할 일이 많다. 30년 정도 이 동네에서 꽃꽂이를 가르치고 있다. 요즘은 코로나 때문에 교습을 쉬고 있지만 언제든 학생들이 돌아와도 괜찮도록 다다미방은 늘 깨끗하게 정돈해 둬야 한다. 게다가 벌써 몇십 년이나 계속해 온 가계부 작성 역시 손에 익었다고는 해도 품이 많이 드는 작업이다.

젊은 시절 은행에서 일했던 나는 누구보다 계산을 잘했다. 그래서 우리 집의 돈 관리는 내가 도맡아 왔다. 어느덧 50년은 된 것 같다.

그런데 요즘은 아무리 해도 수입과 지출이 맞지 않는다. 그뿐만 아니라 우리 집의 돈과 인감도장 등 중요한 것이 차례차례 사라지고 있다. 아무에게도 말한 적 없지만 아들과 네가 집에 오면 돈이 없어지는 느낌도 든다.

혼자서 조용히 작업을 하다 보면 파파몬의 행선지가 신경 쓰여 견딜 수 없다. 가짜라고는 해도 일단은 내 남편이다. 주판알을 튕기던 손가락이 자꾸만 멈춘다. 바람기 있는 파파몬이 데이센터에서 사귄 여자와 술을 마시러 가는 것쯤이야 알고 있다. 약속된 시간이 지나도 좀처럼 집에 오지 않는 게 그 증거다.

이건 질투가 아니다. 남편의 위신에 관한 문제라서 걱정하는 것이다. 겉모습이 남편을 쏙 빼닮은 로봇이 젊은 여자와 술을 먹고 돌아다니다니, 부끄러운 일 아닌가. 나에게는 모욕일 뿐이다. 이런 시골에서는 소문이 금세 퍼진다. 망측하기 짝이 없다. 아들과 너에게도 민폐고 손자도 가엾다.

나는 참을 수 없이 초조해져서 데이센터의 사무실에 전화를 걸었다.

"제 남편 거기 있어요?"

"네, 아버님이라면 방금 직원과 함께 여기서 출발하셨어요. 슬슬 댁에 도착하실 시간인데요…."

속이 빤히 들여다보이는 거짓말을 듣고 나는 분개했다.

나는 안다. 파파몬은 지금 데이센터의 여자 직원과 역앞 술집에 있다. 분명 둘이서 술을 마시고 있을 것이다. 무진장 즐겁게 마시는 광경이 나에게는 보인다. 분명히 보이니까 그게 진실이다.

나 참, 부끄러워서 원. 이 집에 여자가 몇 명이나 들락거리고부터 정말이지 변변한 일이 없다.

TV 프로그램에서 소개한, 건망증을 예방한다는 영양제가 병째 없어진 건 지난주였다.

그날은 아침부터 나가세 씨와 네가 구해준 도우미가 와 있었다. 화장실과 욕실을 반짝반짝하게 청소해 준 건 좋지만, 도우미가 돌아간 뒤 문득 봤더니 영양제가 없어졌다. 아무리 찾아봐도 나오지 않았다. 나는 그 도우미가 들고

간 거라고 확신했다.

　그 상황이 내 눈에는 또렷하게 보였다. 하지만 파파몬에게 그렇게 말했더니 무서운 얼굴로 나를 나무랐다.

　"그런 말은 하면 안 돼."

　"그런 말 하면 안 된다고 해봤자 도둑맞은 건 어쩔 수 없잖아요. 그 사람도 먹어보고 싶었을 수도 있고."

　내가 대꾸하자 파파몬은 언짢은 표정으로 "이제 그만해"라고 하더니 달팽이처럼 침실에 틀어박혔다. 가짜 주제에 유세를 떤다.

　나는 얼른 너에게 전화를 걸었다.

　"혹시 영양제 어디 있는지 모르니? 탁자 위에 놓여 있던 병 알지?" 하고 넌지시 물어봤다. 혹시 네가 가져갔다면, 그 사실을 정직하게 말하면 용서해 주자고 생각했다.

　"영양제 말씀이세요? 아아, 그 생선인지 상어의 어딘가

가 들어갔다는 제품 말씀이시죠. 전 몰라요. 어머님, 영양
제보다 병원에서 처방받은 약을 드세요. 약이 더 중요하거
든요. 영양제 같은 건 딱히 효과 없다니까요."

너는 속사포처럼 말했다.

"효과가 없다는 걸 알아도 먹고 싶은 거니까 내버려 둬.
이런 건 기분의 문제란 말이야."

나는 중얼거렸다.

"여하튼 어머님, 저는 영양제가 어디에 있는지 몰라요.
게다가 홈헬퍼는 영양제를 멋대로 가져가지 않아요. 그분
들은 간병 프로시니까요."

너는 말했다.

네에, 네, 알겠습니다, 내가 전부 나쁜 거죠.

나는 속으로 그렇게 중얼거리며 얼른 전화를 끊었다.

요즘 집 안의 모습이 아무래도 이상하다.

산책을 하고 집에 돌아오면 TV의 위치가 자주 바뀌어 있다. 탁자 위에 놓여 있던 리모컨이 찬장 위로 옮겨져 있을 때도 있다. 나는 그게 무서워서 미치겠다. 누군가가 나 없는 사이에 집에 들어온 게 아닐까 생각하면 안절부절못하게 되어 무의식중에 너에게 전화를 걸고 만다.

너는 금세 전화를 받아 내 이야기를 건성으로 듣고는 "아, 그건요, 어머님. 착각 아닐까요" 하고 태평한 목소리로 말한다.

"저도 가끔 지갑이 없어지거나 열쇠가 사라지거나 휴대폰이 안 보일 때가 있거든요. 제 나이에도 그러니까 어머님이 그러셔도 이상하지 않죠. 인간은 망각의 동물이니까요. 그런 사소한 걸 마음에 담아두시면 지는 거예요. 어쨌거나 어머님은 무척 건강하시긴 해도 여든 살 후기고령자시잖아요. 뭐든 신경 쓰지 마세요."

그랬다. 놀랐다.
내가 여든 살이라고 한다.

잘 생각해 보면 나는 엄연한 노인이다. 젊은 시절처럼 전부 완벽하게 해내지 못하더라도 누가 불만을 터트릴 리 없다…. 파파몬 말고는.

파파몬은 내가 뭐라고 할 때마다 "그런 말은 하면 안 돼"라고 야단을 친다. 내가 집 앞을 지나가는 사람에게 "이런 산골에 집을 지어버려서 차 없이는 꼼짝도 못 하지 뭐예요. 정말 후회돼요"라고 푸념하면, "모르는 사람한테 그런 소리를 해서 어쩔 셈이야" 하고 화를 낸다. 내가 중학교 시절 기계체조를 배웠다는 이야기를, 마트의 신선식품 매장에서 만난 사람에게 하는 게 뭐가 잘못됐나. 오랜 친구에게 전화를 걸어 무더운 여름날 남편이 뇌경색으로 쓰러졌다고, 재활 치료를 위해 입원했다고, 그래서 당분간 함께 놀러 나가지 못한다고 전하는 것이 뭐가 잘못됐나.

파파몬은 "몇 번씩이나 전화를 걸면 민폐야"라고 하지만 나는 분명 딱 한 번밖에 전화하지 않았다.

내가 몇 번이나 같은 말을 한다느니, 몇 번이나 같은 실

수를 거듭한다느니, 주위 사람들은 꼭 내가 치매 환자인 양 말한다. 마치 비난당하는 것 같다. 그래서 뭘 하든 자신이 없다. 뭘 하든 불안해진다. 그게 무서워서 견딜 수 없다.

분명 아는 길을 걷고 있었는데 그곳이 어디인지 알 수 없어져, 꺾고 싶지도 않은 모퉁이에서 꺾어버린다. 그러면 눈 깜짝할 사이에 내가 지금 어디 있는지 모르게 된다. 하늘을 올려다봐도 표식으로 삼을 건 없다. 평소 현관에서 보이던 하늘이 어디 있는지 모르겠다. 어느 세계에도 속하지 못하는 나는 그야말로 유령이다.

파파몬은 내가 마트 계산대에서 돈을 낼 때 시간이 좀 걸리는 것을 너무나 언짢아한 나머지, 물건을 사러 함께 가기 싫다고까지 말한다. 만 엔권을 꺼내다가 역시 천 엔권이 낫나 싶어 망설이면 파파몬에게 혼난다. 어쩔 수 없이 만 엔권을 내지만 역시 쓰고 싶은 건 천 엔권이다.

계산대 점원에게 "방금 낸 만 엔 돌려주세요!"라고 강하게 말하면 그 점원은 의아한 표정을 짓는다. 만 엔을 돌려받고 천 엔을 내면 곤란한 얼굴을 한다. 하지만 만 엔권이

든 천 엔권이든 다 같은 돈이다. 뭐가 문제인지 나는 모르겠다. 파파몬이 왜 짜증을 내는지도 모르겠다.

로봇이 유세를 떨다니, 분해 죽겠다.

나에게 무슨 불만이 있는지 모르겠지만 파파몬은 내가 뭘 할 때마다 "아니야, 아니야" 하며 정면으로 부정한다. 아들도 너도 그런 파파몬에게 "어쩔 수 없잖아요", "누가 잘못한 게 아니니까"라고 위로한다. 그런 위로의 말을 들으면 들을수록 파파몬은 일부러 슬픈 표정을 짓는다. 나는 괴로워진다. 전부 내가 나쁜가 싶어 침울해진다. 하지만 나는 너희들이 이해해 줬으면 한다. 깨달았으면 한다.

그 사람은 진짜 아버지가 아니라 로봇 파파몬이라는 사실을.

파파몬은 가짜 주제에 매일 나보다 먼저 욕실을 쓴다. 내가 물을 받아놓은 욕조에 당연하다는 듯 먼저 들어간다.

오랫동안 따뜻한 물에 몸을 담그고 좀처럼 나오지 않는다.

　나는 몇 번이나 욕실을 들여다보러 가야 한다.

　"추운 날은 주의를 기울여주세요. 혈압이 갑자기 오르거나 떨어지면 위험하니까요. 욕실 앞의 옷 갈아입는 공간은 따뜻하게 해주세요."

　네가 그렇게 말하니까 신경이 쓰여 못 견디겠다. 가짜 파파몬이라 해도 이 집에서 목숨을 잃는 건 참을 수 없다. 그런데 로봇이 쓰러지기도 하나?

　파파몬은 내가 엿보면 싫은 표정을 짓는다. 그 태도 때문에 열받는다. 가짜는 태연하게, 진짜 남편이라면 절대로 하지 않을 짓만 골라 한다.

　나의 이 분한 마음을 누가 알아줬으면 좋겠다. 그래서 이번에는 아들에게 전화를 걸어봤다.

　"여보세요, 난데, 내 아들 있습니까?" 하고 전화를 받은 너에게 물었다. 그러자 금방 아들을 바꿔줬다.

　"지금 아버지를 닮은 사람이 목욕하고 있는데 아버지가

아닌 것 같아."

내가 슬며시 말하자, 아들은 "뭐라고?" 하며 놀라는 눈치였다.

"아버지가 아니라니 무슨 소리야? 엄마, 무슨 말 하는 거야?"

"그러니까 지금 목욕하는 사람은 아버지가 아닐 수도 있다는 걸 전하려고. 네가 알아뒀으면 좋겠어."

아들은 잠시 침묵을 지키다가 조용한 목소리로 말했다.

"그러면 엄마, 지금부터 다시 한번 욕실에 가서 그 파파몬인지 뭔지 하는 가짜의 얼굴을 보고 오면 되잖아. 왼쪽 눈 위에 상처가 있으면 그건 틀림없이 아버지니까."

나는 수화기를 내려두고 서둘러 욕실로 돌아가, 들키지 않게 문을 살짝 열고 그 안에 있는 파파몬의 왼쪽 눈언저리를 관찰했다.

분명 상처가 있다.

얼마나 완벽한 로봇인지. 적이지만 인정한다는 건 이럴 때 쓰는 말이겠지. 나는 아들과 너에게 걱정을 끼치고 싶지 않아서 얼른 전화 있는 곳으로 돌아와 수화기를 집어 들었다.

"미안 미안, 아버지였어. 틀림없이 아버지네."

나는 애써 명랑하게 말했다. 아들은 안심한 듯 전화를 끊었다.

파파몬은 어느 틈에 내가 준비해 준 속옷과 파자마를 걸치고 나와 거실에서 TV를 보고 있었다. 나는 남편이 없는 동안만이라며 참았지만, 가짜 주제에 거들먹거리는 파파몬에게 화가 나서 쏘아붙였다.

"낭신이 언제부터 이 집에서 살았다고 그래?"

파파몬은 "뭐라고?" 하며 나에게 되물었다. 남편을 똑

닮은 파파몬은 남편과 마찬가지로 귀까지 어둡다.

"그러니까 당신이 언제부터 여기서 살았다고 그러는지
묻고 있잖아."

나는 다시 한번 쌀쌀맞게 말했다. 그러자 파파몬은 깜짝
놀라 대답했다.

"언제부터라니, 30년 전부터잖아. 이 집을 지었을 때 이
사 와서 쭉 여기 살았잖아."

나는 파파몬을 노려보며 사실을 들이밀었다.

"무슨 소리야. 당신, 최근에 여기로 온 사람 아니야? 30년
씩이나 살았을 리 없잖아. 그렇지?"

딱 걸렸지, 이 가짜야.

그러자 파파몬은 슬픈 눈으로 "이제 됐어"라고 말했다.

"뭐가 됐다는 거야. 아무것도 되지 않았어. 도망치는 거야?"

내가 이렇게 묻자 파파몬은 아무 말도 하지 않았다. 조용히 침실로 들어간 뒤 한동안 나오지 않았다.

나는 침실 문을 향해 고함쳤다.

"오늘은 이미 시간이 늦었으니 여기서 묵지만, 난 내일 아침에 나갈 거야!"

파파몬은 대답이 없었다.

나도 더 이상 싸우고 싶지 않아서 내 방으로 돌아와 가계부를 이어서 썼다. 아무리 정확하게 계산해도 숫자가 안 맞는다. 뭔가 잘못된 게 틀림없다는 생각이 들어 지갑을 열어보자 놀랍게도 속이 텅 비어 있었다.

머리로 피가 솟구치는 게 느껴졌다. 또 도둑맞았다! 그 도우미가 분명하다.

집에 여자가 빈번히 드나들고부터 이런 일만 일어난다. 가짜 남편에게 호소해 봤자 소용없다는 건 알지만, 아무리 애써도 마음이 진정되지 않았다. 침실로 급히 달려가 침대에 누워 있는 파파몬에게 호소했다.

"지갑 속 돈이 없어졌어요. 그 여자가 훔쳐간 게 아닐까."

그러자 파파몬은 크게 한숨을 내쉬더니 "이제 그만해"라고 말했다.

"이제 됐어. 더 이상 아무 말도 하지 말아줘."

심각한 표정으로 이렇게 덧붙인 뒤 내게서 등을 돌렸다.

파파몬을 화나게 할 만한 일을 한 기억이 없다. 나는 그저 집 안에 도둑이 들어왔다는 사실을 전했을 뿐이다. 우리 부부에게 이건 매우 중요한 문제다. 어차피 가짜니까 뭘 해주지도 않겠지만.

"아니면 그 애가 그랬나…."

내가 조그만 목소리로 덧붙이자, 파파몬은 버럭 화를 내며 "작작 좀 해!" 하고 호통을 쳤다.

"그 말만은 절대로 해선 안 돼! 그런 말은 두 번 다시 하지 마. 알겠지! 아무리 병이라 해도 그것만은."

파파몬은 불같이 화를 내며 그렇게 말하더니 이불을 뒤집어쓰고 잠들어 버렸다. 나는 한층 더 화가 났다. 로봇 주제에 인간처럼 나한테 화내지 마.

가짜 파파몬조차 너를 싸고돈다. 어째서야?

물론 네가 나쁜 사람이라고까지는 말하지 않을게. 하지만 이 집에 가끔 들어와 뭔가 한다는 것 정도는 알고 있다. 왜냐하면 리모컨 위치가 바뀌거든.

누가 집에 들어오면 금방 알 수 있도록 TV 리모컨은 탁자 위, 에어컨 리모컨은 찬장 위에 두는 것으로 정해뒀다. 요컨대 덫이다. 내가 예상한 대로 밖에 나갔다가 올 때마다 리모컨 위치가 바뀐다.

내가 없을 때를 노리고 오는 건 네가 틀림없다. 그래도 경찰서로 데려갈 마음은 없다. 아무튼 내 소중한 아들의 아내니까. 게다가 너와는 벌써 오래된 사이다. 최근 충돌이 있긴 했지만 지금은 네가 무척 좋다. 친딸로 여기고 있다. 그러니까 내가 참으면 되겠지. 하지만….

　석연치 않은 기분으로 나도 이불을 덮고 눈을 감았다. 잠시 후 또다시 이상한 꿈을 꿨다. 데이센터의 직원인 야마나카 씨가 파파몬의 등에 손을 대고 걷고 있다. 파파몬은 싱글벙글 즐거워 보인다. 야마나카 씨는 파파몬의 몸을 끈적하게 만지며 간드러지는 목소리로 말을 걸고, 파파몬은 기쁜 기색으로 헤벌쭉거린다.
　이 꿈을 꾸는 건 처음이 아니다. 실은 요 일주일 정도 계속해서 매일 밤 같은 꿈을 꾸고 있다.

　그래, 하나부터 열까지 전부 이 로봇이 나쁘다.
　도둑이 집 안에 들어오는 것도, 내가 슬퍼지는 것도 모두 이 로봇 때문이다.

　나는 눈을 뜨고 천천히 몸을 일으켰다. 침대 곁의 작은 탁자에 놓여 있던 TV 리모컨을 오른손에 쥐고 일어나 파파몬이 잠들어 있는 침대 바로 옆에 가서 섰다. 그런 다음 리모컨을 높이 쳐들었다가 파파몬의 이마를 노려 단숨에 내려쳤다.

내려친 순간, 파파몬은 진짜 남편으로 변했다.

3장

흰옷 입은 여자는 나쁜 사람

새봄

이 사람은 무서운 사람이다. 나에 대해 이것저것 알고 있기 때문이다.

"요즘 어떠세요? 몸 상태는요? 뭔가 힘든 점은 없나요?"

나는 힘든 점 같은 건 하나도 없다고 즉시 대답했다. 나로서는 당당하고 또렷하게 말한 것 같은데 어찌 된 일인지 목소리가 떨렸다.

분하다. 이런 풋내 나는 여자한테 말로 지다니. 젊은 시절의 나였다면 절대로 지지 않았다. 게다가 이 여자는 상냥해 보여도 매우 수상한 인물이다.

몸집이 작고 젊다. 검은 테 안경을 쓰고 있다. 나이는 30대일까.

머리가 매우 좋아 보이고 말투가 똑 부러진다. 가끔 거침없이 말하는 게 마음에 안 들지만 데이센터의 직원과는 달리 나를 유치원생 취급하지 않는다. 흰옷을 입었고 가슴 주머니에 펜을 여러 자루 꽂았으며, 나에게 이것저것 꼬치꼬치 캐묻는다. 그걸 모두 책상 위 흰 종이에 자세하게 적어 넣는다.

"설날은 어떻게 지내셨어요?"

흰옷 입은 사람이 나에게 대뜸 물었다.

"신사에 갔는데요."

"우와, 신사요! 어디 있는 신사에 가셨는데요?"

갑자기 그렇게 물어보니 생각에 잠기고 말았다.

설날에는 분명 신사에 갔다. 누군가가 나를 데려다줬다. 그건 어디에 있는 신사였고, 누구랑 간 걸까.

생각해 내려고 하면 할수록 고향의 풍경만 머릿속에 떠오른다.

"집 근처 신사에 절하러 갔어요. 와카야마현이에요."

"어머, 그러세요. 와카야마현까지 가셨군요. 그렇게 먼 곳까지 가느라 힘드셨겠네요. 무슨 신사였나요?"

"이름은 까먹었어요."

"아, 그러세요."

열받는다.

꽤나 사적인 걸 물어보는 사람이다. 신사가 있는 곳을 가르쳐주면 우리 집이 어디인지 알려지잖아. 그 수법엔 넘어가지 않을 거예요.

"약은 잘 드시고 계세요?"

"약이라뇨?"

"매월 처방해 드리는, 먹는 약과 붙이는 약 말예요."

또 미끼를 던진다. 나는 약 같은 건 처방받고 있지 않다. 정확히 말하자면 이 병원에서는 처방을 안 받는다. 내가 처방받는 건 집 근처 정형외과의 약뿐이다. 그쪽 원장 선생님과는 벌써 30년 동안 알고 지냈다. 허리가 아파서 매월 진통제를 타고 있다. 그리고 붙이는 파스도 조금.

약은 그것뿐이다. 나는 한 번도 병을 앓은 적이 없다. 아주 건강한 여든 살이다. 100에서 7씩 숫자를 빼는 연습도 매일 하고 있다.

100, 93, 86, 79, 72, 그다음은 65, 58, 51⋯.

"약 같은 건 처방받은 적 없어요!"

중간까지 세다가 정신을 차리고 흰옷 입은 사람에게 단호히 말했다. 나는 올해로 여든 살이지만 한 번도 큰 병을 앓은 적 없어요. 이건 진짜예요. 남편에게 물어보면 전부 알 거라고요.

그러자 흰옷 입은 사람이 너를 흘끗 쳐다봤다. 너는 표정을 바꾸지 않다가, 잠시 후 나를 보더니 고개를 끄덕이며 생긋 웃었다.

"이번 주는 어떻게 지내셨어요?"
흰옷 입은 사람이 다음 질문을 했다.

"이번 주요? 이번 주는 꽃꽂이 교실에 갔어요. 꽃꽂이를 배우고 있거든요. 어릴 적부터 했으니 벌써 배운 지 몇십 년이나 됐네요."
또박또박 대답한다고 생각하는데도 목소리가 점점 작아진다.

"꽃꽂이 교실이요? 배우고 계세요? 어머님이 선생님을 하셨던 게 아니고요?"

이 사람은 무슨 말을 하는 걸까. 나는 어린 시절부터 꽃꽂이를 계속 배우고 있다. 동네에 선생님이 계신다.

하지만….

흰옷 입은 사람이 말한 대로 내가 꽃꽂이 선생이었던 것 같기도 하다. 그래, 나는 꽃꽂이 선생이었다. 선생님은 바로 나다. 벌써 30년이나 이 동네에서 꽃꽂이를 가르치고 있다.

"맞아요, 제가 가르쳐요. 제가 꽃꽂이 교실을 운영하고 있어요."
"그렇죠? 배우러 다니신다는 건 줄 알았어요."

이 사람은 나한테 무슨 말을 끌어내려는 걸까. 화요일에는 수업이 있다. 아니, 목요일이었나.
지난주에도 수업은 확실하게 했어요. 했던 것 같아요. 학생들이 몇 명이나 와줬죠. 다들 좋은 사람이어서 수업이 즐겁답니다. 하지만 요즘은 학생들을 못 만난 것 같기도 하네요. 어쩌면 벌써 1년 정도 얼굴을 못 봤는지도 몰라요. 분명 코로나가 원인이에요. 코로나는 이런 데까지도 영향을 주고 있답니다.

"얼른 세상이 안정되면 좋겠네요."
나는 이렇게 말하고 방긋 웃어 보였다. 뭘 의심하는지 모르겠지만 그 계략에는 넘어가지 않을 거다.

"정말 그래요. 빨리 코로나가 종식되면 좋겠어요."
흰옷 입은 사람은 밝게 대답하더니 깔깔 웃었다.

웃는 얼굴이 풋풋해서 귀여웠다.
어쩌면 나쁜 사람은 아닐지 모른다.

그러고 보니 너도 "진짜 상냥하고 멋진 분이잖아요"라고 말했다. 아들도 "약을 잘 먹어야 해" 하고 몇 번이나 강조했다.
하시만 이 흰옷 입은 사람은 너에게 얘기하면서 일부러 나한테까지 들리도록 "아버님은 멋지세요. 저도 정말 좋아한답니다"라고 말하는 인물이기도 하다. 마지막의 '정말 좋아한다'는 말은 필요 없지 않은가.

문득 정신을 차리고 보니 흰옷 입은 사람이 자리를 비운 상태였다. 나는 서둘러 옆에 앉은 너에게 물어봤다.

"저기, 나 방금 뭔가 이상한 말 했니?"
"아뇨, 이상한 말씀은 전혀 안 하셨어요."
너는 웃는 얼굴로 대답했다. 그리고 아무 일도 없었다는 양 앞쪽을 바라봤다.

너의 익숙한 얼굴 맞은편으로 흰옷 입은 사람이 뭔가를 써넣던 종이가 보인다. 가만히 응시하다 보니 조금 불안해진다. 너에게 묻고 싶은 게 더 있었지만 참았다. 어딘가에 마이크가 숨겨져 있을지도 모르니까.
그나저나 정말로 다행이다. 이상한 말은 한 마디도 안한 모양이다.

흰옷 입은 사람이 젊은 여자를 데리고 돌아왔다. 보라색 셔츠와 바지를 입은 젊은 여자는 나를 향해 밝게 웃더니 "혈압을 잴게요"라고 말했다. 아아, 간호사였군요. 나는 순순히 팔을 내밀어 혈압을 쟀다. 최고 혈압 135. 최저 혈압 93. 봐요, 건강하죠?

"있죠, 어머님. 전 숨기는 걸 싫어하는 사람이에요. 그래서 이제부터 어머님께 사실대로 솔직히 말씀드릴게요. 요즘 어머님이 변하셨다고 가족분들이 걱정하고 계세요. 여러 가지를 잊어버리기도 하고, 가족을 못 알아보기도 하고, 아버님께 화를 내기도 하신 모양이에요. 기억하세요?"

흰옷 입은 사람이 나에게 물었다.

네? 그거 제 이야기예요? 아니면 남편 이야기?

분명 남편은 뇌경색으로 쓰러져 석 달이나 입원했지만 딱히 노망이 든 건 아니에요. 남편은 정신이 아주 또렷하거든요. 몸도 상당히 좋아졌고요. 데이센터라는 곳에 다니면서 일주일에 두 번 운동하고 있어요. 치매 증세는 가벼운 것 같아요. 저는 남편의 보호자로 따라가고 있답니다. 남편이 얼굴은 좀 무섭게 생겼지만 소심한 데가 있어요. 또 낯을 가리기도 해서 제가 함께 가주는 거예요. 꼭 어린 애 같죠? 언제까지고 손이 가는 사람이라니까요. 상태가 이상한 건 남편 쪽이에요.

데이센터에는 남편한테 달라붙어 친한 척하는 여자가 있어서, 약간 걱정한 적은 분명 있어요. 남편 등에 손대는 걸 몇 번이나 본걸요. 그건 좀 화가 나더군요.

질투가 아녜요. 그거야 꼴불견이잖아요? 그래서 약간은 화를 냈는지도 몰라요. 하지만 전 아주 건강하답니다. 여든 살이 됐는데도 이렇게 쌩쌩하니까요.

가족을 못 알아본다고요? 그런 일이 있을 리 없잖아요.
저한테 가족은 무엇보다 소중한 존재예요. 제 옆에 앉아 있는 이 애도 저의 소중한 딸이랍니다. 이렇게 저를 늘 따라다녀 주지요. 제가 가족을 잊어버리는 일은 있을 수 없어요.

"그렇죠, 어머님은 정신이 아주 또랑또랑하세요. 하지만 어머님, 이후로도 아버님과 함께 오랫동안 행복하게 댁에서 지내실 수 있도록 이번에는 잠시 입원해서 약을 꼬박꼬박 드시고 몸을 회복시키시면 어떨까 싶어요. 이건 이제부터 있을 두 분의 생활을 위한 거예요. 앞으로도 지금까지와 마찬가지로 건강하고 즐겁게 생활하실 수 있도록, 그걸 위해 입원하는 거랍니다. 댁으로 못 돌아가시는 일은 없어요."

입원? 내가 어디에 입원한다는 걸까. 아픈 곳은 한 군데도 없다. 이렇게 건강한데도?

"전 남편과 떨어질 바에는 죽는 게 나아요."

정신을 차리고 보니 눈물이 뺨을 타고 줄줄 흘러내리고 있었다.
왜 이렇게 슬픈 걸까. 왜 나는 이렇게도 상처를 받는 걸까. 왜 이렇게까지 이 사람한테 상처를 받고 있는 걸까.

하염없이 흐르는 눈물을 닦을 수도 없다.

"남편과 헤어질 정도라면 저는 고향으로 돌아갈래요. 고향에는 부모님이 아직 살아 계시거든요. 오빠랑 언니도 있고요. 무척 다정한 분들이니까 제가 이 나이 먹고 되돌아간다 해도 잘 대해줄 거예요. 입원할 정도라면 이곳을 떠날래요. 고향으로 돌아가겠어요."

얼굴이 뜨거워졌다. 귀가 윙윙 울린다. 두 손이 가늘게 떨린다.
그런 나를 걱정하던 네가 손수건을 건네줬다.

흰옷 입은 사람은 한동안 내 얼굴을 가만히 바라보며 무언가를 생각하는 듯했다. 그리고 흰 종이에 지렁이 같은 글씨를 적더니 다시 한번 나를 보며 말했다.
"알겠어요, 어머님. 그럼 약을 처방해 드릴 테니 꼭 드세요. 다음 달에 다시 저를 보러 와주시고요. 그날을 기다리고 있을게요."

누가 돌아올까 보냐.

이런 곳에는 1초도 더 있고 싶지 않았다. 둥근 의자에서 기세 좋게 일어나 서둘러 출구로 향했다.

웃기고 있네. 얕보지 말라고!

흰옷 입은 사람은 나와 함께 돌아가려던 너에게 "며느님은 남아주세요" 하고 말을 걸었다. 네가 인질로 잡힌 건 걱정이지만 어쨌거나 나는 도망치듯 진료실을 빠져나왔다. 입원 같은 걸 당한다면 참을 수 없기 때문이다.

대기실의 긴 의자에, 피곤한 기색이 역력한 할아버지와 중년 남자가 앉아 있었다. 그들은 급히 문을 열고 나온 나에게 손을 흔들었다. 자기네 쪽으로 오라고 손짓한다.
자세히 보니 둘 다 낯익은 얼굴이다. 나를 기다려준 모양이다. 가까이 가서 다시 한번 두 사람의 얼굴을 잘 살펴봤다. 남편과 아들이었다.

파파몬은 문제의 그날 밤 갑자기 남편으로 변신한 뒤 모습을 감췄다. 파파몬이 사라지고 드디어 남편이 돌아왔는데도 진짜 남편까지 몹시 언짢은 기색이었다. 게다가 요즘은 자주 우울해하더니 침실에서 거실로 나오는 일이 부쩍 줄었다. 네 말에 따르면, 남편은 마음이 지쳤다고 한다.

"엄마, 어땠어?"
아들이 물었다.

"정말이지 바보 취급을 하더구나."
나는 기세 좋게 대답했다. 분노로 내 얼굴이 조금씩 빨개지는 게 느껴졌다.

"꼭 내가 치매 환자인 것처럼 말하잖니. 이것저것 까먹지 않느냐는 둥, 가족을 못 알아보지 않느냐는 둥. 확실히 여든 살 할머니긴 해도 머리는 또랑또랑한데 말이야. 계산도 잘해서 중학생 때는 우리 학년에서 최고였거든. 담임선생님이 너는 우수한 학생이니까 꼭 대학교까지 가라고 몇 번이나 말씀하셨지. 하지만 그 고집쟁이 아버지가 여자가 공부해서 뭣에 쓰냐, 얼른 시집이나 가라고 했어. 그렇게 말했던 게 잊히지도 않아. 그래서 대학에 가고 싶었지만 못 갔지. 그 정도로 난 영리하다고. 왜 내가 이런 곳에 끌려오는지 영문을 모르겠어. 그 흰옷 입은 사람, 정말 무례하더라."

아들은 "그랬구나"라고 대꾸한 뒤 발밑을 보며 아무 말이 없었다.

남편은 "그래서 어떻대? 좋아졌대? 아니면 나빠졌대?"라고 나에게 물었다.

"좋아지고말고가 어딨어, 나한테는 아픈 곳이 한 군데도 없는데. 왜 이런 곳에 와야 해요? 오늘만 해도… 당신 보호자로 온 건데."

남편은 아들에게 무언가를 소곤소곤 이르고 있었다. 자기 이마 언저리를 가리키며 심각한 표정을 지었다. 아들이

"어디, 어디" 하며 남편이 가리키는 곳을 보더니 작은 목소리로 "여기구나" 했다. 남편은 울 것 같은 얼굴로 "이제 지쳤어"라고 아들에게 호소했다.

남편의 이마는 벌겋게 부어올라 피가 조금 맺혀 있었다. 어딘가에서 부딪친 걸까.

지쳤다, 지쳤어. 남편은 매일 그 말만 한다. 그야 지쳤다 해도 이상하지 않다. 남편은 치매 환자고, 뇌경색 후유증으로 왼쪽 몸을 쓰는 게 약간 불편해졌다. 그전과는 하나부터 열까지 달라져 버린 것이다. 그래서 아들과 네가 이렇게 한 달에 한 번, 먼 병원까지 데려와 준다. 나는 남편의 보호자다.

아들과 이야기를 나누는 남편은 마스크를 아주 볼썽사납게 쓰고 있었다. 남편의 마스크는 늘 비뚤어져 있다. 늘 비스듬하다. 마스크 정도는 제대로 쓰면 좋을 텐데, 남편은 움직임이 꾸물꾸물 둔해서 마스크의 위치조차 바로잡지 못한다.

이런 얼간이 같은 면이 옛날과는 다르다. 바지 지퍼가 내려가 있을 때도 있다. 남대문 열렸다고 몇 번이나 말해야 알아듣는 걸까.

나이를 먹었구나 싶다. 이래서 치매는 질색이다. 예전의 남편은 나에게 더 다정했다. 훨씬 더 핸섬했다. 지금처럼 내 얼굴을 보고 슬퍼하거나 화를 내지 않았다. 신사였다. 치매는 모든 것을 바꿔버리는 걸까.

아들이 "엄마, 아버지를 때린 거 기억나?" 하고 물었다. 아들 옆에 앉아 있던 남편은 낙담한 표정을 지었다.

나는 진심으로 놀랐다. 남편이 그런 큰 거짓말까지 하면서 나를 궁지로 몰아넣으려 하다니. 나를 집에서 쫓아내려 하다니. 그렇게까지 나를 거부하다니.

"설마, 그런 짓을 할 리 없잖아!"

나는 스스로도 깜짝 놀랄 만큼 큰 소리로 외치고는 어느

새 남편 앞에 서서, 빨갛게 피가 맺힌 남편의 이마를 손가락으로 가리키고 있었다.

"거짓말쟁이! 내가 그런 짓을 할 리 없어! 틀림없이 거짓말이야! 거짓말쟁이! 당신은 이중인격자야! 믿을 수 없어!"

아들은 주위를 둘러보며 "쉿!" 했다. 대기실에 있던 사람들이 모두 나를 쳐다보았다. 남편은 이제 나를 보지도 않았다.

남편이 믿기지 않는 거짓말을 해서 나는 크게 충격을 받았다. 다른 누구도 아닌 내가 남편을 때리다니, 그런 일이 있을 리 없다. 그런 꿈이라면 분명 여러 차례 꿨다. 하지만 어차피 꿈이다.

치매에 걸리면 이렇게 큰 거짓말을 하는 사람이 되는 걸까. 남편이 이런 한심한 남자가 되어버리다니, 나는 지금까지 뭘 위해 고생에 고생을 거듭해 온 걸까.

오랜 세월 종사해 온 일에서 은퇴한 뒤로도 남편은 큰 모임에 나가거나 회의에 참석하는 등 무척 바빴다. 그런 남편을 훌륭한 사람이라고 진심으로 생각했다. 그랬는데 작년 여름 무더운 날, 갑자기 부엌에서 쓰러진 그날 모든 게 바뀌고 말았다.

구급차로 병원에 실려 간 남편은 뇌경색 진단을 받았고, 그 이후로 쭉 재활 병원에 입원해서….

나는 홀로 남겨졌다.

넓고 휑한 집에 나 혼자다. 아들도 너도 매일 와줬지만 마음에 뚫린 커다란 구멍은 메워지지 않았다.

저녁이 되면 하늘이 새빨갛게 물든다. 그 하늘을 보면 이상한 기분이 들었다. 남편은 잘 있을까, 외로워하지 않을까. 심장을 강하게 옥죄는 것처럼 불안해졌다.

너는 24시간 간병해 주는 병원이니 보호자는 필요 없다고 몇 번이나 말했지만, 되도록 남편의 병실에서 함께 지내고 싶었다. 그 사람은 외로움을 잘 타니까 곁에 있어주고 싶었다.

차로 가려 해도 나는 길을 모른다. 그래서 매일 근처 역까지 택시로 간 다음 거기서부터 한 시간이나 버스를 타고 남편을 만나러 갔다. 너는 그렇게까지 하지 않아도 된다며 걱정스레 말했지만 남편은 기뻐했다. 내가 병실에 오는 것을 목을 길게 빼고 기다렸다.

매일매일 남편에게 깨끗한 옷가지를 가져가고, 소소한 잡담을 나누고, 더러운 빨랫감을 들고 집으로 돌아오는 게 일과가 되었다. 가끔 아들이나 네가 차로 데려다줬다. 그런 생활을 정신이 아득해질 정도로 계속했다. 나는 녹초가 될 만큼 지쳤다.

밤이 되면 이런 시골의 이렇게 넓은 집에 나 홀로 남겨진다. 외로워서, 슬퍼서 견딜 수 없었다. 혼자인 밤은 무서웠다. 잠을 잘 수 없게 되었다. 남편이 보고 싶어서 견딜 수 없었다.

．．．

　어느 틈에 네가 대기실로 돌아왔다. 흰옷 입은 사람에게 무슨 말을 들었는지 모르나 너는 그걸 나한테 말할 생각은 없는 듯했다.

　"그럼 어머님, 가실까요."
　너는 밝게 말했다. 손에는 약봉지를 잔뜩 들고 있다.

　"아버님 것도 받았고 계산도 끝났으니 이제 가요."
　"어머, 그 약값은 어떻게 했니? 혹시 대신 내준 거야?"
　"아뇨, 어머님. 아까 어머님이 분명히 내셨어요."
　"너 또 거짓말을 하는구나. 괜찮아, 연금으로 생활하는 늙은이지만 그 정도 돈은 있으니까."
　"아하하하, 어머님, 그럼 돈은 다음에 받을게요."
　너는 웃으며 남편과 나를 병원 출구로 데려갔다. 아들이 병원 현관까지 차를 끌고 왔다.

아들이 운전하는 차에 타니 겨우 한숨 놓였다. 이런 병원에 두 번 다시 올까 보냐.

조수석에 앉은 너는 "오늘은 대기 시간이 짧아서 다행이었죠" 하고 안도한 듯 말했다. 뒷좌석의 내 옆에 앉아 있던 남편은 너에게 밝은 목소리로 "맞아"라고 맞장구쳤다.

하지만 나한테는 아직도 기분이 상해 있다. 정말이지 성가신 사람이다. 유세 떠는 모습에 열받는다. 그래도 드디어 파파몬이 사라지고 남편이 돌아왔으니 참는 게 중요하다. 앞으로도 둘이서 사이좋게 지내야지. 지금까지 50년 넘게 함께 살아온 부부인걸. 소중한 사람인걸.

열심히 일해 온 남편과 이제 겨우 느긋하게 살 수 있는 것이다. 우리 부부에게는 이제부터가 소중한 시간이다.

그런데도 어째서인지 까슬까슬한 위화감이 마음속에 남아 있었다. 아주 강렬한 슬픔인 것 같기도 하다. 하지만 그게 어떤 이유에서 비롯된 감정인지 아무리 생각해 봐도 알 길이 없었다.

"여보, 예쁜 호수예요. 이렇게 멋진 풍경은 처음 봐."

내가 이렇게 말을 걸자, 남편은 "그렇군" 하고 쌀쌀맞게 대답했다.

그걸 들은 네가 얼버무리듯이 말했다.

"오늘은 날씨도 좋아서 정말 예쁘네요. 올해는 봄이 빨리 온 걸까요."

그러자 아들이 "오늘은 날씨가 진짜 좋네. 이제부터 뭐 맛있는 거라도 먹으러 갈까?" 하고 제안했다.

나는 메밀국수가 좋다고 말했다. 요즘 들어 별로 많은 양을 먹지 못하게 되었으니 '판메밀' 정도가 딱 좋다. 새우튀김이 조금 있으면 기쁠 것 같다. 게다가 메밀국수는 남편이 아주 좋아하는 음식이다. 나는 언제나 남편을 최우선으로 여기며 지금까지 살아왔다.

아들은 "좋았어, 그럼 오늘은 메밀국수 먹자" 하고 밝게 말해 줬다.

행복하다.

아들은 다정하다.

남편은 요즘 화만 내지만 그래도 불평하면 안 된다. 남편은 지금 원래 생활로 되돌아가고자 필사적으로 노력하고 있으니까.

나 역시 노력해야 한다. 굳세게 살아가야 한다. 젊은 사람들에게 폐를 끼쳐서는 안 된다. 남편의 버팀목이 되어줄 수 있는 건 나뿐이니까.

그런 생각을 하는데 갑자기 내 귀에 그리운 멜로디가 들려왔다.*

나는 호수의 아이 정처 없이 떠도는
여행을 하고 있어 가슴 사무치네

봐요, 여보. 맞은편 호숫가에 보이는 산이 너무 예뻐요.

● 　노랫말은 일본의 학생가인 〈비와호 주항(周航)의 노래〉 일부.

아름다운 호숫가를 따라 달리던 아들의 차가 큰 다리를
건너기 시작했다. 옆에 앉은 남편의 얼굴이 한순간 파파몬
으로 보였다.

4장

남편은 나쁜 사람

늦겨울

우편함에 거의 가득 찬 우편물을 집 안으로 전부 가져가려던 참이었다. 날씨는 한파가 이어진 요즘답지 않게 따스했으며, 공기는 맑고 상쾌한 날이었다. 부드러운 햇살이 내리쬐어 반짝반짝 아름답다.

정원은 구석구석 깨끗이 청소되어 있었다. 내가 매일 아침 세심한 주의를 기울이며 아름답게 손질하기 때문이다. 그중에서도 특히 신경 쓰는 건 징검돌을 둘러싸듯 자라나는 이끼. 정말로 손이 많이 가지만 이것만은 어쩔 수 없다.

꽃꽂이 수업 때 다다미방에서 보이는 정원을 늘 아름답게 손질해 두고 싶다. 학생들이 아름다운 것을 봤으면 한다. 우편물을 들고 정원을 다시 한번 둘러본 다음 만족해하며 집 안으로 들어왔다.

　남편이 은퇴한 뒤라고는 해도 우편물이 부쩍 줄어든 것은 쓸쓸한 일이다. 매년 몇백 통이나 오던 연하장도 작년엔 겨우 50통뿐이었다.

　다른 집과의 교류는 원래 이렇다며 포기하면 되는 걸까. 내가 쏟는 마음과 상대방이 품는 마음이 반드시 같다고는 할 수 없다. 이런 노부부와 사이좋게 지내봤자 이득은 손톱만큼도 없다. 그렇다고 남편의 훌륭한 인생이 부정당한 건 아니다. 인생의 가치는 얼마나 사랑했느냐, 그리고 얼마나 사랑받았느냐로 결정되기 때문이다. 나는 진심으로 남편을 사랑한다. 그걸로 분명 충분하다.

　앞으로는 나와 함께 이 집에서 느긋하게 노후를 보내면 된다. 아들과 네가 우리를 응원해 준다. 손자들도 튼튼하게 잘 크고 있다. 둘 다 훌륭한 남자아이다. 얼마나 행복한 일인지.

　요즘 우리 집 우편함에 꽂혀 있는 건 영문 모를 엽서나 전단지, 냉장고에 붙이는 자석뿐이다. 수도 요금, 가스 요금, 전기 요금, 전화 요금을 더 저렴한 것으로 바꾸라는, 정말이지 쓸데없는 참견쟁이뿐. 천박해서 진절머리가 난다.

싸구려 자석에 인쇄된 연예인의 얼굴은 어딘가에서 본 적이 있다. 유명한 연예인이 많은 걸로 보아 모두 나쁜 업자는 아니겠지만, 이런 물건이 우편함에 연신 꽂혀 있으면 성가셔서 견딜 수 없다. 후기고령자인 내게는 이런 일조차 번거롭다.

싸구려 티가 나는 누런 종이에 두껍고 검은 손 글씨로 쓴 쓰레기 처리업자 전단지. 무심코 만졌다가 손가락을 베이고 말았다. 날카로운 통증에 놀랐다. 화가 나서 있는 힘껏 북북 찢어 쓰레기통에 내던져 버렸다.

가장 귀찮은 건 자석이다. 자석을 소각용 쓰레기로 버려도 될지, 아니면 구분해서 버려야 할지, 어쩌면 좋을지 모르겠다.

이럴 때는 너다. 얼른 네 휴대폰으로 연락했다.

"그런 건 모아서 소각용 쓰레기로 버리면 돼요."

너는 단호하게 말했다. 평소처럼 퉁명스러운 말투로.

하지만 정말 그럴까.

"어쨌든 자석만큼은 전부 버리세요"라고 너는 몇 번이나 말했다. 나는 웃으며 "응, 응, 버릴게"라고 대답한 뒤 전화를 끊었다. 그리고 몇 개나 되는 자석을 하나로 모아서 쓰레기통에 던져 넣었다.

던져 넣는 순간, 좀 아까운 짓을 한 게 아닐까 싶었다. 자석에 인쇄된 연예인과 눈이 마주쳐 버렸는걸.

그는 전직 야구선수였다. 몸집은 작지만 발이 빨랐다. 얼굴이 귀여워서 은퇴한 뒤로도 인기가 좋다. 왠지 그가 엄청 불쌍하게 느껴져, 쓰레기통에서 그의 사진이 있는 것만 골라 꺼냈다. 너에게 들키지 않도록 냉장고 문 구석에 붙여뒀다.

탁자 위에 나머지 우편물을 펼쳐둔 채 안경을 쓰고 하나하나 확인해 나갔다.

보험회사에서 두 통. 이건 남편이 가입한 생명보험과 암보험 회사에서 보낸 것이다. 그리고 거래하는 은행에서 웬일로 엽서가 한 통 왔다. 정기예금이 만기된 걸까.

그런 정기예금이 있었는지조차 기억나지 않는다. 어쩌면 젊었을 때 시작한 예금일 수도 있다. 그렇다면 벌써 몇 년째일까? 만기라면 얼마쯤 될까.

신바람이 나서 수신인 이름을 보니 '요시카와 사치에 님'이라고 되어 있었다.

요시카와 사치에? 누구지?

반으로 딱 맞게 접어 풀로 붙여놓은 엽서의 모서리를 손가락으로 열심히 젖혀서 깨끗이 뜯은 다음 내용을 읽어봤다. 자잘한 글씨로 빼곡하게 적혀 있어서 뭐가 뭔지 모르겠다. 그래도 큼직한 글씨로 '대여금고'라고 쓰인 건 읽을 수 있었다.

대여금고? 대여금고라니, 어찌 된 일일까.

거래하는 은행에 대여금고가 있다는 사실조차 나는 전혀 몰랐다. 이런 일을 할 사람은 남편밖에 없다. 남편은 대체 무엇을 맡겨둔 걸까. 요시카와 사치에와 관계있는 물건일까.

이것만큼은 남편에게 물어보지 않으면 알 수 없다. 언제부터 빌렸는가. 뭘 맡겨뒀는가.

돈? 아니면 주식? 설마. 안에 뭐가 들어 있는지 묻는 김에 요시카와 사치에가 누구인지도 캐물어야 한다.

남편은 목욕을 하고 있었다. 서둘러 욕실까지 가서 문을 살짝 열고 "잠깐만" 하고 말을 걸었다. 남편은 뒤를 돌아보며 "왜 그래?"라고 대꾸했다.

나는 남편의 불륜 상대 요시카와 사치에에 대해 단도직입적으로 따져 물었다.

"무슨 말 같지도 않은 소리야!"

남편은 화를 내며 말했다. 그러고는 믿기지 않는다는 표정으로 덧붙였다.

"그런 황당한 일이 있을 리 없잖아."

목욕 중이라 그런지, 아니면 화가 나서인지 얼굴이 시뻘겋다. 무언가 숨기고 있는 게 틀림없다. 남편은 큰 소리로 "이제 나갈 테니 잠시 후에 얘기해!"라고 말했다.

나는 평정을 가장한 채 가급적 침착한 목소리로 욕조 속의 남편에게 말했다.

"대여금고에 대해 묻고 싶은 거예요."

남편은 "대여금고? 그런 거 몰라. 여하튼 지금은 좀 기다려" 하더니, 아연한 표정으로 "금방 나갈 테니까"라고 덧붙였다. 나는 "딱히 서둘러 나오지 않아도 돼요"라고 대답한 뒤 욕실 문을 닫고 급히 거실로 돌아와, 남편이 목욕을 끝내기를 이제나저제나 하고 기다렸다.

・ ・ ・

"맡겨놓은 건 여행 가방이지요? 요시카와 사치에랑 여행 갔을 때 쓴 가방을 맡아두었다고 엽서에 쓰여 있잖아요. 얼른 가지러 오라고요. 여기에 분명히 쓰여 있어요."

나는 서슴없이 남편에게 퍼부었다.

욕실에서 갓 나온 남편은 아직 얼굴이 벌겠다. 그런 남편의 눈앞에 엽서를 들이대며 '대여금고'라는 글자를 몇 번이나 손가락으로 가리켰다.

설마 내가 이 엽서를 발견하리라고는 꿈에도 생각지 못했을 남편은 얼굴이 붉으락푸르락하며 꽤나 당황한 기색이었다. 아픈 데를 찔렸겠지. 나를 속일 수 있다고 생각했다면 크나큰 착각이야. 여자의 감은 날카롭거든요. 자, 어떻게 변명할 거야?

"무슨 말 같지도 않은 소리야."

남편은 다시 한번 이렇게 말하고 나를 쏘아봤다.

"하늘에 맹세코 그런 짓은 하지 않았어. 그건 당신이 가장 잘 알잖아. 젊은이에게 본보기가 되지 못할 일은 일절 하지 않았어. 여태까지도 그랬고 앞으로도 그럴 거야. 나는 갓 퇴원했다고. 그것도 잊어버렸어? 이제 곧 아흔 살이나 되는 할아버지를 누가 상대해 준다고 그래. 당신, 정말로 머리가 어떻게 된 거야?"

"그야 상식적으로 말하자면 그렇겠지만, 실제로 이렇게 통지가 왔잖아요. 둘이서 여행을 갔고 그때 쓴 가방을 대여금고에 맡겼다고. 그걸 가지러 오라는 엽서가 이렇게 우리 집 우편함에 꽂혀 있었잖아요. 그게 사실이니까. 그렇죠? 한동안 집에 없었던 건 이 여자랑 같이 온천 여행을 갔기 때문이죠?"

남편은 입을 딱 벌리고 더 이상 아무 말도 하지 않았다. 그리고 일어서서 지팡이를 짚고 침실로 들어가더니 한동안 나오지 않았다. 그날 밤에는 나와 말을 한 마디도 섞지 않았다.

그렇게나 화내는 걸 보니 남편이 여행을 가지 않았을지도 모른다는 생각이 들었다. 그럼 왜 내 머릿속에 남편과 요시카와 사치에 둘이서 사이좋게 어깨를 딱 붙이고 온천 거리를 걷는 모습이 또렷하게 보이는 걸까. 보이니까 그게 진실이다. 틀림없다.

다음 날 나는 이 중대한 사건을 너에게 반드시 알려야겠다는 결심을 하고 얼른 네 휴대폰으로 연락했다. 너는 내가 무슨 말을 하든 별로 놀라지 않으니까 이 일을 털어놔도 문제없으리라 생각했다. 아들에게는 이런 일을 도저히 상담할 수 없잖아?

너는 금방 전화를 받았다. 수화기 너머로 타닥타닥 작은 소리를 내고 있었다. 아마 일하는 중이겠지. 너는 필시 타이피스트typist다.

"여보세요. 어쩐 일이세요?"
평소처럼 퉁명스러운 말투였다.

그런 걸 일일이 신경 쓸 겨를이 없다. 나와 남편이 이혼하느냐 마느냐 갈림길에 서 있는데 며느리를 배려할 수 있겠는가. 지금껏 일어난 일을 너에게 빠른 어조로 털어놓았다.

"바쁜 시간에 미안하구나. 좀 들어보렴. 네 시아버지가 말이다, 요시카와라는 여자랑 함께 온천 여행 갈 때 쓴 가방을 은행의 대여금고에 맡겨둔 것 같아. 그걸 가지러 와달라는 엽서를 받았는데 네 시아버지는 모른다잖니. 어쩌면 좋을까?"

너는 한동안 아무 말도 하지 않았다. 그리고 "음…" 한마디 내뱉은 뒤 침묵했다. 수화기 너머에서 무언가 타닥타닥 울리던 소리는 이제 들리지 않았다.

"어머님, 그 요시카와 씨는 옆집의 요시카와 씨 아니에요?"
"뭐, 이웃이라고?"

"그래요, 이웃집 부부 말예요. 요시카와 씨였죠, 분명."

너의 말을 듣고 보니 그랬던 것 같기도 하다. "그랬나" 하고 나는 당황해서 대답했다. 심장이 세차게 뛰었다.

"옆집 요시카와 씨 앞으로 온 엽서가 그냥 잘못 배달된 거 아닌가요? 은행에 여행 가방을 맡기다니, 들어본 적 없는 얘기예요. 정말로 그렇게 쓰여 있었어요? 혹시 어머님이 의심하시는 건 불륜 여행인가요? 아유, 아니에요! 아버님만은 그러실 리 없어요. 어머님, 냉정하게 생각해 보세요. 그렇게 일밖에 모르시던 성실한 분이 불륜 같은 걸 저지를 리 없잖아요! 게다가 아버님은 이제 곧 아흔이시잖아요?! 그런 할아버지랑 누군가가 사귈 일은 절대 없어요! 또 뇌경색으로 오랫동안 재활 병원에 입원했다가 돌아오신 지도 얼마 안 됐잖아요. 어머님의 착각일 거예요. 네? 아버님을 몰아세우셨다고요? 아아, 가엾게도⋯."

너는 기막히다는 듯 말했다.

나는 너의 그런 말에 아연실색했다.

이 애도 남편 편인가. 왜 모두가 남편의 편을 드는 걸까. 왜 "지금 이대로라면 아버님이 스트레스로 쓰러지실 거예요"라고 말하는 걸까.

나는 스트레스라는 말에 담긴 속뜻이 신경 쓰여 견딜 수 없다. 내가 나쁘다는 말이라도 하고 싶은 걸까. 나라는 존재가 남편을 괴롭힌다고 말하고 싶은 걸까.

그럼 나는? 난 뭐야? 나는 남편의 절반만큼도 사랑받지 못하는 거야? 나는 그게 슬프다.

전부 오해라고 몇 번이나 거듭 말하는 너와 통화를 하다 보니 남편의 불륜 같은 건 아무래도 상관없어졌다.

누군가와 말을 나누면 너무 지친다. 머리 한가운데가 마비되는 것 같다. 석연치 않았지만 나는 일단 납득한 척하고 전화를 끊었다.

그날 밤의 일이다. 아주 이상한 꿈을 꿨다.

남편과 요시카와 사치에가 팔짱을 끼고 다정하게 온천 거리를 걷고 있었다. 두 사람은 아주 행복해 보였다. 남편은 가죽으로 된 큼직한 여행 가방을 왼손에 들고 있었다. 그 가방은 출장이 잦은 남편에게 10년쯤 전 내가 선물한 것이다. 손잡이에 '스미요시 은행'이라고 적힌 네임카드가 달려 있다. 남편이 대여금고를 빌린 은행이 아닌가!

거봐, 어때요? 내 말이 맞았지요?

나는 엄청나게 화가 났다. 남편을 붙잡겠다며 두 손을 힘껏 뻗었을 때 퍼뜩 잠에서 깨어났다.

두방망이질 치는 심장 고동과는 반대로 침실은 정적에 휩싸여 있었다. 남편 침대를 들여다봤는데, 아무것도 모르는 채 잠이 든 남편의 코 고는 소리만 들렸다.

한동안 뚫어져라 쳐다보니 남편의 하얀 이불이 굼실굼실 움직였다. 귀를 기울이자 시냇물 흐르는 소리 같은 게 들린다. 누군가 소곤거리고 있다. 남편과 여자의 목소리?

숨을 죽이고 기다렸다.

눈이 어둠에 익숙해지자 하얗게 떠오르는 남편의 이불이 뿌연 시야에 들어왔다. 그러더니 그 이불에서 누군가가 살그머니 빠져나와 발소리도 내지 않고 침실 밖으로 나가는 모습이 보이지 않겠는가. 맨발에 창백하고 가느다란 발목.

그 발은 서둘러 욕실로 향하더니 문을 열고 안으로 들어갔다. 샤워 소리가 들린다. 나는 굳은 몸으로 그 소리에 온 신경을 집중했다. 쏴아쏴아 하는 희미한 소리가 이윽고 잦아들더니, 끼익 하고 수도꼭지를 잠그는 소리가 난 뒤 완전히 사라졌다.

아무 일도 없었던 것처럼 새근새근 자고 있는 남편의 얼굴을 어둠 속에서 응시했다. 나에게 들키지 않도록 자는 척하는 게 틀림없다.

침대 옆의 조명을 켜고 마지막으로 다시 한번 남편 얼굴을 자세히 확인했다. 깊게 팬 주름, 두꺼운 눈썹. 틀림없다.

나는 일어나 남편의 침대 옆에 조용히 서서 두 손으로 하얀 이불을 움켜쥔 다음 단숨에 젖혔다.

남편이 소리 없는 비명을 지르며 눈을 번쩍 떴다. 무슨 일인지 몰라 당황해하던 남편은 목구멍에서 쥐어짜 내듯 "왜 그래?" 하고 부자연스럽게 물었다. 나는 그런 남편의 잠이 덜 깬 얼굴에 대고 큰 소리로 호통을 쳤다.

여자를 어디에 숨겼어!

5장

수 도 수 리 공 은 나 쁜 사 람

이른 봄

　나도 모르게 밖으로 나가 심호흡을 하고 싶어지는 청명하고 포근한 날이었다.

　춥고 길었던 겨울 탓에 하체가 상당히 쇠약해진 기분도 들지만, 앞으로는 이렇게 매일 정원에 나와 운동 겸 나무와 풀 손질을 할 수 있는 계절이라 기쁘다. 새싹이 돋아난 정원수를 보며 무심결에 미소를 짓는다.

　이제부터는 매일 남편과 손을 잡고 동네를 산책하자. 벚꽃 피는 시기가 너무나 기다려진다. 올해야말로 손자들과 함께 아름다운 벚꽃을 보고 싶다. 어떤 도시락이 좋을까. 나는 '나음에 너한테 전화해서 물어봐야지'라고 생각하며 정원에 떨어져 있는 쓰레기를 주워 아들이 준 종이 박스에 넣기 시작했다.

그 작업에 완전히 몰두해 있어서 누가 말을 걸어도 한동안 알아차리지 못했던 모양이다.

"실례합니다, 사모님, 실례합니다!"라는 큰 소리가 들렸다. 나는 목소리가 나는 방향으로 돌아봤다. 파란 옷을 입은 청년이 서 있었다.

"사모님, 정원이 참 예쁘네요!"

옷과 세트인 파란 챙 모자를 머리에 가볍게 얹은 청년이 하얀 이를 드러내며 웃었다.

"고마워요. 하지만 매일 손질하는 게 힘들답니다."

나는 약간 경계하며 대답했다. 처음 만나는 사람은 조심하라고 남편과 아들이 말했다.

"그야 그렇겠죠, 이렇게 근사한 정원이니까 시간이 걸리겠지요?"

"맞아요. 가을이 되면 매일 낙엽을 줍는 게 힘들어요. 가을뿐만 아니라 1년 내내 청소를 해야 해서 허리가 너무 아프고요."

"그거 큰일이네요. 아, 전 이 근처를 돌고 있어요. 수도 수리공 스즈키라고 합니다. 이 동네 집들의 배수구를 조사하고 있는데요, 지금이라면 댁 주변 배수구 체크가 놀랍게도 무료랍니다. 봄 이벤트 중이거든요…. 혹시 괜찮으시면 지금부터 사모님 댁도 체크해 드릴까요? 물론 공짜로 해 드립니다! 정원 청소도 제가 도와드리고요!"

"아뇨, 그것은 됐어요. 우린 아들이 전부 하고 있어서요…."

나는 대답했다. 이처럼 갑자기 찾아오는 업자와 말을 섞으면 안 된다고 가족 모두가 몇 번이나 주의를 줬고, 케어 매니저 나가세 씨도 귀에 못이 박히도록 말했다.

"그럼 오늘은 제 명함만이라도 받아주세요, 사모님. 곤란한 일이 생겼을 때 연락 주시면 언제든 곧장 달려올 테니까요."
　청년은 이렇게 말하며 명함을 쓱 내밀더니 생긋 웃었다.

　나는 그가 내민 명함을 애매하게 미소 지으며 받았다.
　수도 수리공 스즈키 씨.
　어라, 명함에 낯익은 얼굴이 인쇄되어 있다. 원래는 야구선수였고 지금은 연예인이 된 남자다. 그러고 보니 저번에 우편함에 들어 있던 자석에도 같은 얼굴이 인쇄되어 있었다. 그 자석은 너에게 숨기듯 냉장고 구석에 붙여뒀다. 과연 그 업자로구나.

"어머, 이분 알아요. TV에서 자주 보는걸요."
　나는 수도 수리공 스즈키 씨에게 말했다.

"그렇죠? 그 사람은 저희 회사 모델이에요. 어르신들께 인기가 좋아서 저희도 기쁩니다."

　스즈키 씨의 얼굴이 명함에 인쇄된 연예인 얼굴과 닮아

보여서, 나는 약간 수줍어졌다.

"저기, 그 체크라는 건 무료예요?"

"네, 이번 주는 이 지역을 대상으로 봄 무료 이벤트 중이거든요! 만약 수리나 청소가 필요한 부분이 있다면 특가인 1만 5천 엔부터 서비스해 드립니다. 배수구 청소는 풍수 면에서도 좋은 일뿐이에요. 나쁜 기운을 흘려보내면 행복한 일이 일어나거든요. 안심하세요. 꼭 견적을 내고 계약을 완료한 다음부터 작업할 거니까요!"

나는 아직 어린 티가 나는 스즈키 씨의 얼굴을 다시 한번 바라봤다.

나쁜 사람은 아니다.

"그럼 체크만이라도 부탁할까요…."

내가 이렇게 말하자, 스즈키 씨는 큰 소리로 "감사합니다!" 하더니 기운차게 꾸벅 인사했다. 머리가 땅에 닿을 지경이었다. 나는 웃으면서 손자뻘 청년에게 "그럼 부탁해요" 하고 집 안으로 들어왔다.

얼른 침실에 있던 남편에게 이야기를 전했다.

"여보, 수도 수리공 스즈키 씨가 배수구 체크를 공짜로 해준대요. 나쁜 기운이 흘러내려 가는 모양이야. 아주 젊은 사람이에요. 꼭 손자 같아."

침대에 앉아 있는 남편에게 말했지만 내 목소리가 들리지 않았나 보다.

요즘 남편은 귀가 어두워졌다. 아들과 네가 보청기를 선물해 줬지만 남편은 그것을 끼는 걸 싫어한다. 부끄럽다는 이유에서다. 이제 곧 아흔인데도 그런 자존심만은 누구보다 세다. 그렇게 폼을 잡아서 누구에게 보여주려는 걸까. 설마 신경 쓰이는 여자라도 있는 걸까.

아들은 대화를 할 때도 어지간히 요점을 파악하지 못하는 제 아버지에게 속이 타서 늘 화를 낸다.

"아버지, 어쨌든 보청기를 껴요!"

아들이 이처럼 무섭게 말하면 네가 "자아, 그만" 하며 진
정시킨다.

나는 다시 한번 남편에게 말을 걸었다.

"여보! 수도 수리공 스즈키 씨가 배수구를 체크해 준대
요! 풍수와 관련이 있대!"

남편은 드디어 뒤를 돌아보더니 "…방수…?"라고 되물
었다.
"풍수! 풍수 말예요"라고 내가 대답한 바로 그때였다.

침실 창문으로 건장한 남자 두 명이 정원을 가로질러 집
부지로 들어오는 것이 보였다. 풋풋한 스즈키 씨의 모습은
아니다. 어느 틈에 험상궂은 남자가 두 명씩이나 들어온
걸까. 집 주위를 빙빙 돌며 무언가를 확인하는 듯하다. 나
는 남편에게 "내 착각이었네"라고 전한 뒤 급히 부엌문 쪽
으로 갔다.

바깥의 동정을 살펴보니 남자들이 배수구 뚜껑을 열고 있는 것 같았다.

체크만 하면 무료라고 분명히 말했어. 괜찮아, 그렇게 좋은 청년이 나를 속일 리 없어.

다급히 침실로 돌아와 남편에게 다시 한번 말하려고 했는데, 남편은 이미 코를 골며 잠들어 있었다.

나는 어쩔 수 없이 내 방에 들어가 가계부를 쓰기 시작했다. 남편의 쾌유를 빌며 보내준 편지에 답장 쓸 일도 아직 남아 있을 터였다. 꽃꽂이 교실의 학생들에게는 엽서를 써서 근황을 전해야 한다. "코로나 때문에 오랫동안 교실을 열지 못해 미안합니다. 다시 만날 날까지 건강히"라고 쓰고 싶지만 요즘은 글씨를 쓰는 것조차 너무 지친다. 왜 이렇게 뭘 하든 피곤하고, 뭘 듣든 시끄럽고, 뭘 보든 무채색으로 느껴질까.

모든 풍경이 회색으로 뒤덮였다.

그렇게나 아름다웠던 정원도 지금은 황폐한 땅처럼 살벌하게 보일 때가 있다. 내 안의 뭐가 변한 건지 나조차 알

수 없다.

갑자기 인터폰이 울려 정신을 차렸다. 황급히 수화기를 귀에 대자 수도 수리공 스즈키 씨의 명랑한 목소리가 들렸다.

"사모님, 기다리시게 해서 죄송해요! 저희 회사 작업자의 체크가 끝나서 작업 견적서가 나왔어요! 현관까지 지금 바로 와주세요!"

나는 서둘러 현관으로 갔다.

"사모님, 나쁜 게 꽤 많이 있었어요. 이제까지 어깨나 허리가 아프지 않으셨나요? 저희가 말끔하게 흘려보내 드릴게요. 이게 작업 견적서랍니다. 사인하시고 인감도장을 찍어주세요! 그리고 이 계약서 겸 청구서 뒷면에 계약 철회 제도에 관해 쓰여 있으니 그것도 확인해 주시고요."

스즈키 씨는 '계약 철회'라는 대목에서만 노래하듯 매끄러운 소리를 냈다. 마치 고등학생처럼 앳된 스즈키 씨가 한순간 냉정한 성인 남자가 된 듯했다.

나는 적잖이 놀랐다. 무료로 체크만 받는다고 생각했는데 견적서와 계약서에 사인이 필요한 모양이다.

스즈키 씨는 더 이상 미소 짓지 않았다.

"잠시만 기다려주세요."

나는 허둥지둥 대답하고 침실까지 서둘러 갔다. 남편에게 확인을 받아야 한다. 잠이 든 남편에게 필사적으로 말을 걸었다.

"여보, 일어나요. 여보! 좀 일어나라니까! 수도 수리공이 인감도장을 찍어달래요. 여보, 찍어도 될까요?"

남편은 눈을 감은 채 "응" 하고 한 마디만 내뱉었다. 조금 망설여졌지만 남편이 괜찮다니까 괜찮은 거겠지.

　나는 내 방에 있던 인감도장을 들고 다급히 현관으로 돌아가 스즈키 씨에게 "늦어서 미안해요"라고 말했다. 스즈키 씨는 "아뇨, 괜찮아요" 하면서 가슴 주머니에서 펜을 빼들고 딸깍딸깍 성마른 소리를 내며 심을 꺼냈다. 그러고는 "여기 있습니다!" 하고 나에게 그 펜을 건넸다. 펜을 든 오른손에 왼손을 단정히 겹쳐서.

　이름 쓰는 칸을 가리키는 스즈키 씨의 얼굴을 흘끗 봤더니 웃으며 고개를 끄덕이고 있었다.

　나는 스즈키 씨가 하라는 대로 남편의 이름을 쓰고 인감도장을 찍었다. 견적서에 찍은 다음 계약서 겸 청구서에도 찍었다.

　"감사합니다! 그럼 작업을 시작할게요. 저희는 작업이 끝나면 그대로 돌아갈 테니 느긋하게 낮잠이라도 주무세요."

　스즈키 씨의 말에 나는 "그럼 잘 부탁드려요" 하고 내 방으로 돌아왔지만 왠지 너무 불안했다.

커튼 사이로 정원을 봤더니 몸집이 큰 남자가 총처럼 생긴 호스를 옮기는 참이었다. 스즈키 씨는 '수도 폴리스'라고 요란하게 적혀 있는 파란색 차를 타고 어딘가로 가버렸다. 그 옆얼굴에서는 미소가 사라졌다.

물먹은 솜처럼 지쳤다. 낯선 사람과 대화를 나누면 정말로 피곤해진다. 서 있는 게 고작일 정도다. 눈앞이 호박색으로 변해 뒤틀려 보이기 시작했다. 나는 다리를 질질 끌다시피 해서 침실로 가자마자 침대에 쓰러졌다.

· · · ·

눈을 떠 보니 밖은 벌써 어두웠다. 지쳐 잠든 새 저녁이 된 모양이다. 불안해서 주위를 둘러봤다. 옆 침대에 남편의 모습은 보이지 않았다.

겨우 일어나 부엌으로 갔는데, 남편이 저녁 식사를 준비하고 있었다. 남편에게 뭔가 중요한 걸 말하려 했으나 아무리 애를 써도 생각이 나지 않는다.

　결국 나는 남편이 만들어준 생선조림을 감사히 먹고, 작은 병에 옮겨 담은 사케를 약간 마신 뒤 목욕을 하고 잠들었다.

· · ·

　꿈을 꿨다.

　남편이 산책하러 간다며 나간 뒤 돌아오지 않는다. 걱정이 된 나는 집에서 뛰쳐나가 남편의 모습을 필사적으로 찾아 헤맸지만 어디에도 없다. 누군가와 함께 여행을 떠난 걸까. 아니면 역 앞 술집에 한잔하러 간 걸까.

　끝없이 달리고 달리고 계속 달리다 한 걸음도 더는 떼지 못할 것 같았을 때 겨우 꿈에서 깼다. 심장 고동 소리가 뚜렷하게 들렸다. 스스로 주체하지 못할 정도로 강렬한 분노가 끓어올랐다.

"나한테서 도망가지 마!"

큰 소리로 외쳤지만 남편은 눈을 뜨지 않았다.

• • •

주말, 아들과 네가 큰 쇼핑백을 껴안고 찾아왔다. 식재료를 가져다준 것이다.

주말이 되면 아들과 너는 아침부터 와서 냉장고에 음식을 잔뜩 넣어준다. 남편과 내가 모르는 새로운 식재료와 과자를 사 오기 때문에 무척 기대가 된다.

너는 사 온 식재료로 간단한 반찬을 만들면서 "약은 드시고 계세요?", "데이는 재밌으세요?" 하고 우리와 대화를 나눈다.

아들은 집 주변과 정원을 돌아보며 어디 고장 난 곳은 없는지, 방범 설비가 제대로 작동하는지 등을 빠짐없이 확인해 준다. 이 일대는 주택 밀집 지역이고 이웃과는 사이가 좋지만 흉흉한 이야기가 없는 건 아니다.

케어매니저 나가세 씨도 "홈헬퍼나 데이센터 직원이 매일 방문하지만 조심하는 것보다 좋은 예방책은 없어요. 집 창문과 현관문은 꼭 잠그세요"라고 한다. 낯선 사람은 집에 들이면 안 된다고도 몇 번이나 말했다. 코로나 이후 전화 사기도 늘어나고 있다 한다. 보이스 피싱은 몇 번인가 물리친 적이 있다.

그런 흉흉한 세상이니 아들 부부가 자주 와주는 건 고마운 일이다.

요리를 끝내고 거실에서 커피를 마시기 시작한 네가 식탁 위에 놓여 있던 종이를 보더니 "뭐예요, 이거?" 하고 느닷없이 괴상한 소리를 냈다.

나는 네가 들고 있던 종이를 보고 "그건 나쁜 걸 흘려보냈을 때의…" 하며 아들과 남편에게 들리지 않도록 작게 대답했다. 그런데도 너는 "수도 폴리스~?!"라고 큰 소리로 외쳤다.

"대체 이게 뭐야!"

너는 종이에 쓰여 있는 글씨를 엄청난 속도로 읽기 시작했다.

"기본요금 5천 엔, 자석 쿠폰 할인 3천 엔, 기름 제거 작업 2만 5천 엔, 오수관 막힘 관통 작업 1만 엔, 고압제트세정 기본요금 3만 5천 엔, 내시경 카메라 확인 작업 1만 5천 엔, 고압제트세정 작업은 1회 2천 엔이고 25회에 5만 엔?!"

너는 단숨에 말하더니 다시 한번 "뭐야?!"라고 했다.

"어머님, 이거 소비세 포함 15만 7백 엔짜리 청구서인데 어떻게 된 거예요?"
너는 눈을 동그랗게 뜨고 나에게 물었다.

"왜, 자석에 인쇄된 사람 있잖니. 그 사람이 무료로 체크해 준다고 해서…."

　나는 횡설수설 대답했다.

　너는 내 이야기를 듣고 "아 씨, 당했네" 하며 난폭한 말투로 내뱉더니 자기 이마를 오른손으로 세게 때렸다. 짝하고 경쾌한 소리가 났다. 굉장히 분해 보였다.

　그다음 일은 나는 잘 모르겠다.

　너는 식탁 위에 있던 종이를 들고 아들한테로 가서 무언가를 줄줄 말했다. 아들은 화난 모습으로 남편에게 가서 "아버지가 있는데도 왜 이런 일이 생기는 거죠?" 하며 나무랐다. 남편은 아무 말도 못 하고 곤란한 표정을 지었다. 네가 "그만, 됐어" 하고 아들을 진정시켰다.

　"아버지를 탓하지 마, 아버지를 괴롭히지 마."
　나는 이렇게 말했다. 큰 소리로 외치고 싶었는데 작은

소리밖에 나오지 않았다. 무언가 무서운 일이 일어나고 말
았다.

"미안해, 내가 나빴어…."
내 목소리는 떨리고 있었다.

너는 휴대폰을 꺼내 케어매니저 나가세 씨에게 전화를
거는 듯했다.

15분쯤 지났을까, 너는 들고 있던 종이를 전부 가방에 넣
더니 아무 일도 없었다는 양 거실로 돌아왔다. 아들도 더
는 아무 말도 하지 않았다.

아들과 너는 우리와 다시 커피를 마시고 잡담을 나눈 뒤
냉장고 안을 마지막으로 한 번 더 정리했다. 그러고는 또
오겠다고 말했다.

"괜찮은 거야?"라고 내가 묻자, 너는 웃는 얼굴로 "당연
히 괜찮죠"라고 대답했다.

아들의 등에 대고 "미안해" 했더니, 아들은 "아버지도 엄

마도 잘못하지 않았어. 나쁜 건 수도 수리공이지"라고 말
했다.

6장

생선 장수는 나쁜 사람

초여름

"당신, 생선 좋아하쇼?"

생선 장수가 나에게 물었다.

"네, 당연히 좋아하죠. 난 바닷가 마을에서 태어나 생선을 먹고 자랐거든요. 요즘도 아들이 마트에서 회를 사서 집으로 가져다준답니다. 게다가 남편은 요리를 잘해서 신선한 생선을 손질해 자주 먹게 해줬죠. 생선조림도 좋아하지만 역시 회가 최고예요. 특히 흰살생선을 좋아하고요."

"그럼 다음에 당신 집에 가서 생선을 대접해 주리다. 언제가 좋겠수?"

생선 장수가 이렇게 말했다. 나는 기분이 좀 이상해서

적당히 얼버무리기로 했다.

"글쎄요, 다음에 시간 될 때…."

내가 말하자, 생선 장수는 웃으며 대꾸했다.

"당신이 혼자 있을 때가 좋겠구먼. 당신 남편이 좀 무섭 잖수."

나는 자랑스러운 기분이 들었다.

확실히 남편에게는 위엄이 있다. 벌써 아흔이 다 되어가 는 사람이지만 몸집도 크고 목소리도 크다. 뇌경색으로 쓰 러졌는데도 불굴의 정신으로 재활 훈련에 힘써 지금은 거 의 불편한 곳 없이 건강하게 생활하고 있다. 너는 그런 시 아버지를 가리켜 '전설의 남자'라고 했다.

"후후후, 그렇겠죠. 바깥양반은 생김새도 우락부락하고 실제로도 무서운 사람이에요. 오사카에서 나고 자랐으니 까요. 게다가 낯선 분은 집에 들이지 않고요."

나는 대답했다.

"나, 당신 남편이랑 아는 사이요. 벌써 반년 정도 같이 운동하고 있잖수."

듣고 보니 분명 그랬다. 나도 몇 번인가 생선 장수와 함께 운동을 한 적이 있다. 남편과도 면식이 있어서 가끔 담소 나누는 모습을 보기도 했다.

열심히 생각하다 보니 남편과 생선 장수가 나란히 사이 좋게 산책하는 모습이 머릿속에 떠올랐다.

맞아, 확실히 그랬다. 생선 장수와 남편은 오래된 친구다. 어쩌면 소꿉친구일 수도 있다. 그렇다면 믿어도 되는 사람이다.

"그러네요, 수요일 오전에는 남편이 정형외과에 가니까 그때라면 부엌을 빌려드릴 수도 있겠어요."

나의 말에 생선 장수는 "그렇소? 그럼 봐서 수요일에 가리다" 하고 대답했다.

그다음 주 수요일, 아들과 네가 아침 일찍부터 집에 와서 남편을 정형외과로 데려갔다. 남편은 오늘 아들도 왔으니 DIY 숍에서 정원 손질에 쓸 도구를 사고 싶다며 들떠 있었다.

남편은 요즘 집에 있어도 얼굴이 늘 어둡다. 그러니 가끔 이렇게 밖으로 나가는 편이 좋다고, 케어매니저 나가세 씨도 말했다.

"아버님한테도 숨 돌릴 시간이 필요하니까요!"

숨을 돌리다니, 나가세 씨는 마치 남편이 숨 막히는 생활이라도 하고 있는 것처럼 이야기한다. 이 사람 저 사람에게 질책당해 숨 막히는 건 바로 나인데.

너는 "어머님, 금방 돌아올 테니 아무 데도 가지 마세요. 얼른 올 거니까요. 점심밥도 제가 사 올게요. 여하튼 집에 계세요. 무슨 일 생기면 전화 주시고요"라는 말을 남긴 뒤 남편과 차를 타고 나갔다.

내가 초등학생 어린애도 아니고, 정말이지 너는 사서 걱정이다. 내가 여기를 나가 어디로 간다는 걸까.

나는 부엌 창문으로 바깥 경치를 바라보고 있었다.

날씨가 무척 좋은 날이었다. 아침에는 선선한 바람이 불었지만 햇빛이 비치는 지금 시간은 더울 정도다.

나는 좋아하는 노란색 리넨 원피스를 입고, 속이 빈 작은 종이 박스를 든 채 정원으로 나갔다.

이 종이 박스가 가득 찰 때까지 낙엽과 쓰레기를 주우면 오늘의 정원 청소는 끝이다. 더 하면 허리랑 어깨가 욱신거리니까 이걸로 충분하다며 아들이 마련해 줬다.

"엄마, 매일 이 박스가 가득 찰 만큼만. 이보다 더 하면 안 돼. 또 허리가 아파지니까."

먼저 현관 앞부터 청소하기 시작했다. 커다란 정원석 주위에 작은 잎사귀가 몇 개나 떨어져 있다. 종이 박스를 땅에 내려두고 하나하나 정성껏 주워나갔다. 다음은 징검돌 주변이다. 여기에는 이끼가 껴 있어서 밟지 않도록 주의해 가며 청소한다. 자잘한 쓰레기도 놓치지 않고 박스에 넣는다.

열심히 청소를 하고 있을 때 "여어" 하는 목소리가 뒤에서 들렸다. 낯선 할아버지가 탄 노인전동차가 정원 안까지 들어와 있었다. 가슴이 철렁했다.

"누구세요?" 하고 물었다.

얼굴을 자세히 살펴봐도 누군지 모르겠다.

그 할아버지는 쓰고 있던 갈색 털모자를 벗고 "나요"라고 대답했다.

"어머, 생선 가게 분이네요! 어쩐 일이세요?"

"오늘이 수요일 아니오? 지난주에 당신한테 생선을 대접하기로 약속했잖수."

"아아, 그랬던가요…."

정말 그런 약속을 했는지 열심히 생각해 봤지만 이때는 아무리 해도 기억이 나지 않았다. 갑자기 나타난 이 꺼림

칙한 할아버지가 생선 장수인지 아닌지도 알 수 없을 정도
였다.

어쩌면 남편 친구인지도 몰라. 만약 그렇다면 쌀쌀맞게
대했다가는 남편에게 한 소리 듣겠지. 나는 적당히 맞장구
치기로 했다.

"아참, 그랬죠. 정원 청소를 하고 있으니 조금만 더 기다
려주실래요? 게다가 지금 남편이 아들 부부랑 외출 중이
라서 집에는 나밖에 없어요."

나는 그렇게 말한 다음 할아버지에게서 등을 돌리고 낙
엽을 계속 주웠다.

등에 휘감기는 듯한 시선이 느껴졌다. 뭔가 이상하다 싶
어 무서워졌다.

"저기, 안에서 도구를 좀 가져올게요."

나는 이렇게 말하고 잰걸음으로 집 안으로 돌아와 현관
문을 잠갔다.

부엌문 쪽으로 달려가 그 문도 잠갔다. 별채까지 가서 별채 문도 잠갔다. 침실 창문도, 부엌 창문도, 욕실 창문도 잠갔다.

꽃꽂이 수업 때 쓰는 다다미방으로 달려가 모든 창문이 잠겨 있는지 확인하고 내 방에 틀어박혔다.

서랍 속에서 휴대폰을 꺼내 남편에게 연락하려고 했다.

분명 '1'이라는 버튼을 누르면 남편의 휴대폰으로 연결될 터였다.

그래서 서둘러 '1'을 눌렀다.

휴대폰에 귀를 갖다 대도 아무런 소리가 들리지 않는다. 몇 번이나 '1'을 눌렀지만 전혀 반응이 없다. 어쩔 수 없이 아들에게 연락을 해보기로 했다. 아들의 휴대폰은 '2'다. '2'를 필사적으로 눌렀지만 아무 일도 일어나지 않는다.

다음은 '3'인 너다. '3'이란 버튼을 몇 번이나 눌렀는데 아무 반응도 없다.

나는 무서워서 내 방 커튼을 닫고 주저앉았다.

숨을 죽이고 바깥의 동정을 살폈다. 노인전동차가 정원의 자갈 위를 지나는 소리가 들린다. 내 방 창문 근처를 왔다 갔다 하는 것이 느껴진다. 지팡이로 창문을 탁탁 두들기는 소리가 난다.

비명이 나오려 해서, 황급히 침실로 달려가 남편의 이불을 뒤집어쓰고 숨었다.

숨은 지 얼마나 됐을까. 자동차가 주차장 안으로 들어오는 소리가 났다. 덜컹덜컹 문이 잠기는 소리, 비닐봉지가 스치는 듯한 소리, 그리고 누군가의 이야기 소리가 들려온다.

얼마 뒤 누가 현관문을 열려고 하는 소리가 철컹철컹 시끄럽게 울려 퍼졌다. 나는 이불 속에서 꼼짝 않고 있었다. 그러자 인터폰 호출음이 울렸다.

나는 뛰어오르듯 이불에서 나와 거실로 조심스레 이동한 뒤 인터폰 수화기를 들었다.

"어머님, 죄송한데 현관문 좀 열어주세요."

너의 목소리였다.

나는 마음이 놓여서 얼른 현관으로 향했다. 현관의 미닫
이문을 열자 큰 비닐봉지를 몇 개나 든 아들과 네가 서 있
었고, 그 뒤에는 지팡이를 짚은 남편이 있었다.

"어서 와."
내가 말하자, 너는 의아한 표정으로 물었다.
"어머님, 집 앞에 갈색 노인전동차가 서 있던데요, 누가
온 거예요?"
생선 장수를 정원까지 들였다고 힐책당할 것 같아서 황
급히 시치미를 뗐다.

"글쎄? 누굴까?"

"네? 누군지 모르세요? 어떻게 된 거죠?"

너는 마치 탐정처럼 험악한 얼굴로 되물었다.

아들이 웃으며 "데이센터에서 만난 친구겠지"라고 말했다. 그러자 너는 "데이센터의 친구? 그런 터무니없는 일이 있을 리 없잖아!" 하고 불같은 기세로 아들에게 쏘아붙였다. 정말이지 입이 험한 건 젊었을 때부터 한결같다.

"어머님, 모르는 사람이에요? 왜 모르는 사람의 노인전동차가 서 있는 거예요? 그래서 타고 있던 사람은 지금 어디 있어요?"

너는 집요하게 묻는다. 아들도 남편도 이미 거실에서 쉬고 있는데 너 혼자만 성난 모습으로 나를 힐문한다.

이대로 어떻게든 얼버무리면 생선 장수는 언젠가 돌아가겠지. 남편에게 이런 일이 알려지면 또 한 소리 들을 뿐이다.

나는 아무 말 없이 거실을 벗어나, 너에게서 달아나듯 욕실로 가서 욕조 청소를 시작했다.

"어머님, 노인전동차는 누구 거죠?"

욕실까지 따라온 네가 조금 낮은 목소리로 천천히 물었다. 무슨 일이 있어도 대답을 요구하는 듯한 목소리였다.

"손님이야."
나는 어쩔 수 없이 대답했다. 그러고는 덧붙였다.
"옛날부터 우리 집에 자주 오던 사람."

"네? 손님이라니, 무슨 손님이요? 제가 아는 분이에요?"
"왜, 예전에 신세를 졌던 생선 장수 있잖니."
"네? 노인전동차를 타는 생선 장수 지인은 없어요. 누군데요? 지금 어디 있어요?"

"글쎄, 집 안에 있는 것 같은데…."

영문 모를 공포로 손이 떨렸다.

너는 어느 틈에 목에 수건을 걸쳤는지, 그것으로 땀을 닦으며 황급히 부엌문 쪽으로 갔다. 아들은 "과민 반응이야" 하며 웃었다. 남편은 쇼핑을 하느라 지쳤는지 의자에 앉아 꾸벅꾸벅 졸고 있었다.

　갑자기 "당신 누구야?" 하고 네가 크게 외치는 소리가 들렸다.

　"잠깐! 거기 아저씨!"

　너는 서둘러 신발을 신고 밖으로 뛰쳐나갔다. 그리고 잠시 후 돌아왔다.

　너는 성큼성큼 거실로 걸어와 아들을 향해 말했다.
　"부엌문 바로 앞까지 들어와 있었어. 내 얼굴을 보고 급히 도망가던데! 아버님, 갈색 노인전동차 타는 친구분 있으세요? 아, 주무시나…."
　여기까지 단숨에 말하더니, 주머니에서 자기 휴대폰을

꺼내 어딘가로 전화를 걸었다.

"바쁘신 시간에 죄송해요. 나가세 씨인가요? 말씀드릴게 좀 있어서…."

또 나가세 씨다.

오늘 일이 알려지면 남편의 데이센터 일정이 늘어난다. 내가 뭘 잘못할 때마다 남편의 데이센터 일정이 늘어나고, 데이센터 일정이 늘어나면 남편은 그곳 직원과 바람을 피운다. 그것만큼은 참을 수 없다. 나는 남편을 진심으로 사랑하니까. 나가세 씨한테 말하는 것만은 제발 봐줘…. 나는 마음속으로 그렇게 빌었다.

네가 나가세 씨에게 전화를 걸자 아들의 표정도 심각해졌다. 남편은 졸린 얼굴로 멍하니 앉아 있었다. 그러다 아들이 작은 목소리로 몇 번인가 질문을 하자 고개를 가로저었다.

"네, 갈색 노인전동차고 남자예요. 일흔 살쯤 됐고요. 생선 장수라고 한 모양이에요. 제 얼굴을 보고 서둘러 달아났어요. 조금만 늦었어도 들어왔겠죠. 아마 데이센터에 오는 사람일 거예요."

아들은 전화를 끊은 너에게 "정말이야?"라고 물었다. 너는 작은 목소리로 "망할 영감탱이"라고 말했다. 남편은 슬픈 눈으로 나를 물끄러미 바라봤다.

저기, 그 사람 당신 친구가 아니었어?
생선 장수라는 건 거짓말이었나요?

이날 이후 생선 장수는 한 번도 못 봤다.

조금 걱정이 돼서 "생선 장수는 이제 안 와?" 하고 너에게 물어봤다.
"생선 장수요? 그런 놈은 더 이상 안 와요. 이제 두 번 다시 올 일 없어요. 그 인간, 상습범이에요. 만약 정원에 들어오거나 하면 얼른 저한테 연락 주세요. 다음번엔 반드시 붙잡을 테니까요."

네가 진지한 얼굴로 말해서 나는 폭소를 터트렸다.

생선 장수인걸. 생선을 대접받아도 이상하지 않은데, 너도 참 과민 반응이라니까.

7장

나는 나쁜 사람

한여름

"아버님, 밖에서 정원 일 하실 때는 모자를 꼭 쓰세요. 요즘은 일사병이 무서우니까요. 그리고 모자 말인데요, 왜 언제나 사이즈가 작거나 큰 거죠? 딱 맞는 사이즈는 없으세요? 보통 갖고 계실 텐데…."

부엌에서 점심 식사를 준비하며 네가 남편에게 물었다.

남편은 싱글벙글 웃으며 아무런 대꾸도 하지 않는다.

조금은 반격해도 좋을 텐데, 남편은 네가 무슨 말을 하든 웃기만 한다. 한심한 일이다. 나는 너한테 강하게 얘기할 수 없으니 가능하면 아들이 주의를 줬으면 하건만, 바로 그 아들은 정원수를 가지치기하고 있었다.

너는 나에게도 거침없이 말을 툭툭 던진다. 얼굴만 보면 "약은 드셨어요?" 하고 묻는다. 진절머리가 난다.

"패치라면 매일 꼬박꼬박 달력에 붙이고 있어."

이렇게 대답하자, 너는 웃으며 말했다.

"아유, 어머님, 패치는 어머님 몸에 붙이셔야죠."

"틀려도 어쩔 수 없잖니, 늙은이니까."

내가 변명하면 너는 아하하 웃으며 "그렇죠, 맞는 말씀이세요" 한다. 나쁜 애는 아닌데.

우리 집 남자들은 둘 다 며느리한테 못 이기는구나 싶어 후후 웃어버렸다.

가족들이 바쁘게 일하고 있으면 나도 뭔가 해야만 한다는 기분이 든다. 특히 집에 낯선 여자가 들어와 내가 좋아하는 부엌이나 나의 소중한 세탁기를 쓰면서 집안일을 시작하면 초조해서 어찌할 바를 모르겠다.

가족에게 도움이 되지 못하면 이 집에 있을 자격이 없다. 남편이 여자를 집에 들이는 건 "당신은 쓸모없는 존재야"라고 나에게 에둘러 말하는 것이다.

그러니 적어도 남편과 나의 침실만은, 이 방만은 내가 청소하리라 결심했다. '닫혔음'이라고 큼직하게 쓴 종이를 문에 붙여뒀다.

이 방에는 남편과 나 말고 절대로 들어오면 안 된다.
절대 들어오지 말았으면 한다.

침실 문 말고도 나는 집 안 곳곳에 종이를 붙여두게 되었다.

데이센터는 월요일, 목요일
비소각용 쓰레기는 화요일
정형외과는 수요일

전부 종이에 적어 벽에 붙임으로써 어떻게든 기억을 붙잡아 두려 한다. 매일 그 종이들을 보고 확인하지 않으면 마음이 안 놓인다. 그중에는 네가 써준 메모도 있다.

> 패치는 매일 갈아 붙이세요.
> 점심 식사와 저녁 식사 뒤, 그리고 자기 전에 약을 드세요.
> 술은 자제하세요.

네가 뭘 알아.

내 인생에 참견할 권리가 너한테 있어? 이런 종이가 붙어 있는 걸 보는 기분을 네가 알아? 너희들이 알아?

나는 집에 오는 여자들 모두에게 설명했다.

"종이에 쓰여 있는 건 전부 지켜주세요. 특히 남편과 나의 침실에는 드나들지 마세요. 꼭이요."

그러자 모두가 "알겠습니다" 하며 수긍했다. 아니, 수긍했다고 생각했다.

그런데도 집 안 곳곳에서 여자의 흔적이 보인다.

남편의 침대에 놓여 있는 빨간 펜, 평소와는 다른 이불 커버, 가끔 바뀌는 베개 위치, 희미한 잔향殘香.

아들도 너도 남편의 바람에 관해서는 나의 착각이라고 단호하게 말했다. 하지만 이 문제만큼은 여러 가지 분명한 증거를 마주하는 내 입장이 되어봤으면 한다.

뭔가 있을 때마다 이번에야말로 나를 이해해 주길 바라며 너에게 알리지만, 너는 애매하게 웃기만 한다. "같은 여자니까 내 마음 알잖아?"라고 열심히 호소하는데도 "하지만 어머님, 아닌 건 아니라고 말씀드릴 수밖에요. 어머님이 아버님을 무척 사랑하시는 건 잘 알고요, 아버님도 같은 마음이세요. 그걸 믿어주세요" 하고 뻔한 소리를 할 뿐이다.

내가 히고픈 말은 그런 게 아니다.

이 나이가 되면 반하고 자시고는 아무래도 상관없다. 나는 배신당하는 게 싫다고 말하는 거다. 나를 제외한 가족

모두가 나를 비웃는 게 화가 난다.

　간단히 속일 수 있다고 여긴다는 것쯤이야 알고 있다. 결정적인 증거를 내밀 필요가 있다면 그렇게 하는 수밖에 없겠지. 나는 남편의 침대 밑에 숨어서 여자를 기다리기로 했다.

　얼마간 시간이 흐르자, 내가 없어졌다는 사실을 깨달은 듯 남편이 "여보, 어디 있어?" 하고 찾는 소리가 들렸다. 나는 깨소금 맛이다 싶어 대답하지 않았다. 남편이 몇 번이나 침실로 와서 내가 침대 위에 없다는 것을 확인한다. 정원에 나가서 내가 있는지 찾아다닌다.

　거실에서 남편이 어딘가로 전화하는 목소리가 들려왔다. 조금만 더 기다리면 분명 여자가 온다. 그리고 두 사람이 침실로 들어오는 순간, 내가 침대 밑에서 나가는 거다! 그러면 증거를 확보할 수 있다.

　너도, 아들도 믿어주겠지.
　그러니까 조금만, 조금만 더.

· · ·

남편의 침대 밑에서 한동안 곯아떨어진 모양이다.

온몸에서 땀이 비 오듯 흐르고 있었다. 목구멍이 딱 달라붙은 것처럼 말라서 목소리도 나오지 않는다. 의식이 몽롱해질 무렵 "어머님?" 하는 소리가 들렸다. 네가 침대 밑에 있는 나를 발견해 말을 건 것이다.

나는 "어머, 와 있었니?" 하고 쉰 목소리로 대답했다.

"네. 어머님이 없어지신 줄 알고 찾으러 왔죠."

너는 이렇게 말하고 나서 "자, 얼른 나오세요" 했다.

이유는 모르겠지만 네 얼굴은 파랗게 질려 심각해 보였다. 나는 겸연쩍어서 너에게 서둘러 설명했다. 침대 밑에서 뭘 좀 찾고 있었다고.

그러자 너는 "어머님, 얼른 저쪽에 가서 차라도 드세요. 아아, 다행이다" 하며 웃었다. 나는 "맞아, 정말 다행이야. 걱정 끼쳐서 미안해"라고 대답했다.

· · ·

　모든 것을 태워버릴 듯했던 여름도 끝이 다가와, 오후가
되면 쌀쌀한 날이 늘어났다. 노을이 붉어서 아름다운데도
그 빨간색이 나를 괴롭히는 나날이 이어졌다.

　침대 위의 빨간 펜은 누구 것이었을까. 왜 베개 위치가
바뀌는 걸까.

　생각하면 할수록 이상하고 화가 난다. 가족에게 말해 봐
야 웃으며 얼버무릴 뿐. 아무도 나를 믿어주지 않는다는
사실을 깨닫자, 살아 있는 것 자체가 싫어졌다.

　어차피 내가 전부 나쁘다.

　나는 골칫덩이다.

　그러던 어느 날, 네가 갑자기 찾아와 남편을 데리고 상
담받으러 다녀오겠다고 했다.

　"무슨 상담인데?"

"앞으로 받으실 재활 훈련에 대한 거예요."

"왜 네 시아버지만 데려가는 거야?"

"아버님 재활 훈련이니까요. 아버님께 직접 이야기를 듣고 싶대요."

나는 왠지 걱정이 되었지만 네가 함께라면 괜찮겠지 싶었다.

"어머님, 이 종이에 가는 곳을 적어둘게요."

너는 이렇게 말하며 종이에 펜으로 큼직하게 썼다.

아버님은 지역포괄지원센터에 갑니다.
점심때쯤 돌아올게요.

요즘 내가 뭘 깜빡하는 일이 잦아서 가족들은 뭐든 종이에 써서 벽에 붙이거나 탁자 위에 메모를 남겨둔다. 나에게도 "중요한 건 달력이나 메모지에 써두면 편리해요"라고 거듭 말하니까, 나 역시 집 여기저기에 메모를 붙이려고 노력 중이다.

너는 "무슨 일이 있으면 제 휴대폰으로 연락 주세요"라고 말한 뒤, 남편과 나갈 채비를 시작했다. 네가 능숙하게 남편에게 겉옷과 지팡이를 건넨다. 가방을 건넨다. 마치 부부처럼 호흡이 척척 맞는다.

나는 점점 불안해졌다.

너는 남편과 함께 무얼 하러, 어디로 갈 생각인 걸까. 어떤 곳에 가는 걸까. 종이에 써주긴 했으나 그게 진실이라고는 단정할 수 없다. 남편에게 작은 목소리로 "여보, 가면 안 돼요. 큰일 나요. 속고 있는 거니까"라고 말했지만 들리지 않았던 모양이다.

남편과 너는 그럼 다녀오겠다고 말하고는 현관 밖으로 나가버렸다. 나는 아무리 생각해도 남편이 가지 말았으면 해서, 신발도 없이 양말 바람으로 정원까지 뛰쳐나가 너의 차로 달려들었다. 너는 막 시동을 켠 참이었다. 이제 두 번 다시 남편을 만나지 못하는 건 아닐까 무서워서 견딜 수 없었다.

너는 놀란 얼굴로 창문을 내리고 시동을 껐다.

"무슨 일이세요?"

"너, 시아버지를 데리고 어디로 갈 셈이야? 사실대로 말해."

내가 다그치자, 너는 차분한 목소리로 "이제부터 아버님과 지역포괄지원센터에 다녀옵니다. 앞으로의 재활 훈련에 대해 상담을 받을 거예요"라고 말했다.

"점심 먹기 전에는 틀림없이 돌아올 테니까 그때까지 기다려주세요. 탁자 위에 메모를 남겨뒀으니 불안해지면 그걸로 확인하시고요."

남편은 뒷좌석에서 놀란 표정으로 나를 쳐다봤다. 그리고 "금방 돌아올 거니까 괜찮아"라고 말했다. 참말일까, 거짓말일까. 나는 누구를 믿어야 하는 걸까. 모든 게 거대한 책략 아닐까. 고분고분 속을까 보냐 생각하며 남편과 네가 탄 차를 배웅했다.

그 뒤로 얼마나 기다렸을까.

남편과 너는 아무리 기다려도 돌아오지 않았다. 정신을
차리고 보니 부엌에는 내가 좋아하는 '도우미'가 와서, 내
가 애용하는 네모난 프라이팬으로 달걀말이를 만들고 있
었다.

이 도우미는 일손이 매우 빠르고도 완벽하다. 반찬을 만
들면서 동시에 부엌 싱크대까지 깨끗하게 닦아준다. 나이
도 나랑 비슷해서 마음 놓고 모든 걸 맡길 수 있다. 마치 친
한 친구가 놀러 온 듯한 기분이 든다.

너는 이 사람을 두고 "정말 대단한 홈헬퍼"라며 극찬했
다. 나도 그렇게 생각한다. 하지만 지난주에 내 프라이팬을
대운 것에 대해서는 짧게 한 소리 했다. 그 때문인지 오늘
은 달걀을 부치며 "사모님, 오늘은 프라이팬 안 태우도록
조심할게요. 그리고 달걀도 두 개만 쓸 거고요"라고 한다.

도우미가 만들어준 달걀말이와 정성껏 구워준 토막 연어를 반찬 삼아 슬슬 점심이라도 먹을까, 아니면 남편과 너를 기다릴까 생각하던 바로 그때였다. 인터폰이 울리더니 현관의 미닫이문 유리창 너머로 몸집이 큰 남자가 서 있는 것이 보였다. 그는 가슴 위의 명찰을 가리키며 커다란 목소리로 "안녕하세요, 지역포괄지원센터의 사토입니다!" 하고는 싱글거리며 인사했다.

낯선 남자를 집에 들이면 안 된다고 주의를 받은 터라 현관문을 열지 않은 채 상황을 살펴보았다. 그랬더니 도우미가 내 뒤로 다가와 "어머, 사토 씨 아녜요!"라고 했다.

"사모님, 이분은 지역포괄지원센터의 직원이에요!"

'도우미께서 그렇게 말씀하신다면야' 하고 현관문을 조심스레 열어봤다.

그 남자는 "기무라 씨, 오늘은 이 댁에서 일하시는구나! 우연이네요. 그건 그렇고 정말 오랜만이에요. 건강해 보여서 다행입니다" 하고 도우미에게 웃어 보였다. 나는 거기에 어정쩡하게 서 있었다.

　그러자 그 남자는 "어이쿠, 죄송합니다. 제대로 소개할게요. 저는 지역포괄지원센터의 직원인데 이 지역을 담당하고 있어요. 사토라고 합니다" 하며 목에 건 명찰을 다시한번 자세히 보여줬다. 상냥하게 웃는 얼굴이 찍혀 있는 사진은 틀림없이 눈앞에 있는 남자였다.

　"홈헬퍼 기무라 씨와는 벌써 꽤 오래 알고 지낸 사이예요. 기무라 씨가 이 댁에 파견됐다니 잘됐네요. 저분은 아주 우수한 홈헬퍼랍니다. 베테랑이니까요."
　사토 씨는 이렇게 말하며 와하하 웃었다.

　나는 그런 사토 씨의 웃는 얼굴에 호감을 느꼈다. 지역포괄지원센터. 들어본 적 있다. 사토 씨는 커다랗고 둥그스름한 몸을 최대한 작게 움츠리며 싱글벙글 웃는다. 웃는 얼굴이 서글서글하고 예의 바른 사람이다. 눈 깜짝할 사이에 사토 씨가 좋아졌다.

사토 씨는 이 지역 고령자의 생활을 지원하는 시市 소속 직원인데, 케어매니저 나가세 씨도 잘 아는 모양이다. 오늘은 나에게 평소 생활에 대해 묻기 위해 특별히 방문했다고 한다.

"딱히 걱정거리는 없는데요…"라고 말하긴 했지만 나에게도 불만은 있다. 불만뿐만 아니라 곤란한 일도 있다.

나는 사토 씨에게 고민을 털어놓고 싶었다. 오늘은 남편도 없고, 너도 없고, 아들도 없다. 마음속에 있는 찜찜한 불안과 이상하다고 느끼는 점을, 이 엄청나게 사람 좋아 보이는 남자에게 털어놓자.

"그럼 이쪽으로 들어오세요."

나는 사토 씨를 집 안으로 들였다.

도우미의 표정을 흘끗 살폈더니 '괜찮아요'라고 말하는 양 몇 번이나 고개를 끄덕이며 나를 안심시키려 했다. 그리고 그로부터 약 한 시간에 걸쳐 나는 사토 씨에게 모든 것을 털어놓았다.

남편이 가끔 파파몬이라는 로봇으로 바뀐다는 것, 깊은 밤이 되면 침실에서 여자의 말소리가 들린다는 것, 화장실에서 방울 소리가 들려 시끄러워서 잘 수 없다는 것, 한밤중에 누군가가 정원을 걸으며 자갈을 밟는 소리가 언제까지고 들린다는 것, 누군가 돈을 훔친다는 것, 영양제를 훔친다는 것, 가끔 내가 어디에 있는지 알 수 없다는 것, 남편의 바람기가 심하다는 것….

사토 씨는 한 번도 끼어들지 않고 내가 하는 말을 모조리 들어줬다. 단 한 차례도 그건 착각이라고, 틀렸다고 하지 않았다. 나의 이야기를 전부 잘 들어줬고 게다가 "어머님, 말씀해 주셔서 감사합니다"라고도 했다. 사토 씨의 그 말을 듣자마자 눈에서 눈물이 넘쳐흘렀다.

"정말 힘드셨겠네요. 지금까지 애써주셔서 감사해요. 앞으로는 케어매니저, 아드님 부부, 아버님, 그리고 저희들과 함께, 어떻게 하면 이 댁에서 오래오래 마음 편히 생활하실 수 있을지 생각해 봐요. 괜찮아요, 모두 함께할 테니까요.”

　나는 감동한 나머지 울먹이는 목소리로 “고마워요. 잘 부탁드려요”라고 사토 씨에게 말했다.

　이로써 남편과 함께 이 집에서 언제까지나 행복하게 살 수 있다.

　앞으로는 지역포괄지원센터 사람이나 도우미나 아들 부부에게 도움을 받으면 된다. 무리는 하지 않을 것이다. 너무 애쓰지도 않을 것이다. 의지하는 건 부끄러운 일이 아니다. 사토 씨가 그렇게 가르쳐줬으니까.

　그 말을 떠올리면 지금도 눈물이 솟구친다.

　남편과 너는 어느새 집으로 돌아와, 지역포괄지원센터의 사토 씨와 부엌에서 담소 중이다. 신기하게도 남편과 너는 이미 사토 씨를 알고 있어서 친밀하게 대화를 나눈다.

언제 알게 된 건지 생각해 보았지만 전혀 모르겠다.

너와 남편과 도우미와 사토 씨가 나를 둘러싸듯 서 있는 것을 알아차린 순간, 등줄기가 서늘해지는 공포를 느낀 건 어째서일까.

· · ·

데이센터에서 운동을 하던 남편이 갑자기 쓰러졌다. 현기증이 난다며 주저앉았다.

나는 어찌할 바를 몰라 직원이 시키는 대로, 남편이 누워 있는 벤치 옆에서 남편을 지켜보았다. 남편의 얼굴은 점점 하얘졌고 의식이 몽롱해지기 시작했다.

나는 필사적으로 외쳤다.

"남편은 뇌경색이에요! 몇 년 전 더운 여름날 집에서 쓰러져 그 뒤로 몇 개월이나 입원했고, 퇴원한 건… 퇴원한 건…."

죽을힘을 다해 생각해 내려 애썼지만 남편의 모습이 충격적이고 무서워서 말을 잇지 못했다.

데이센터의 책임자라는 여자가 어딘가로 황급히 전화를 걸었으며, 얼마 뒤 네가 당황한 모습으로 달려왔다.

결국 남편은 구급차로 병원에 실려 갔고 그날부터 집으로 돌아오지 않았다.

그날 남편이 구급차로 실려 간 뒤, 나는 데이센터의 직원 차로 집에 돌아왔다. 집 안에 홀로 남겨져 무얼 하면 좋을지 모르는 채 남편의 속옷을 잔뜩 모아서 가방에 가득 담았다. 담긴 했지만 어느 것이 필요할지 혼란스러워 몇 번이나 다시 담으며 불안에 떨었다.

병원에 입원한다면 젓가락이나 컵도 필요하지 않을까.

수건도, 슬리퍼도 틀림없이 필요할 텐데 어디에 있는지 전혀 모르겠다. 남편은 지금 어떻게 하고 있을까. 언제 돌아오는 걸까.

날이 저물어 방 안이 어둑어둑해지자 나는 더더욱 불안

해졌다.

드디어 아들과 네가 집에 온 것은 그로부터 몇 시간 뒤였다. 날이 완전히 저물어 방 안은 캄캄했다. 너는 깜짝 놀라 "어머님, 불 켜요, 불!" 하고 큰 소리로 말하며 온 집 안의 전등을 켜고 다녔다.

남편은 쓰러져서 긴급 입원을 했다고 한다. 시간이 좀 걸릴 듯하지만 중증은 아니다. 생명에 지장은 없다. 일단 신중을 기하기 위해 며칠간 입원한 것이다.

그 말을 듣고 진심으로 안도했다.

"엄마, 이 집에서 혼자 지내면 외롭잖아. 오늘부터 우리 집에서 묵어. 자, 짐을 싸서 우리 집으로 가자."

아들이 말했다.

나는 너무나 불안해졌다.

"네가 '우리 집'이라고 해도 나는 한 번도 간 적 없는 곳이잖아."

그러자 네가 다음과 같이 말했다.

"어머님, 괜찮아요. 와 보시면 기억나실 거예요."

나는 너희들이 시키는 대로 짐을 싸고 차에 올라 '너희집'으로 향했다. 가긴 가지만 불안해서 견딜 수 없다.

차창으로 풍경을 보니 확실히 몇 번인가 간 적이 있는 것 같다.

남편이 돌아올 때까지, 내 집처럼 지내긴 힘들겠지만 신세를 지자. 남편도 안심할 것이다.

이리하여 남편이 없는 생활이 다시 시작되었다.

. . .

낯익은 여자가 TV 앞에 앉아 타닥타닥 기계를 두드리며 일하고 있다.

방해하면 안 될 듯해서, 내 짐을 가방에 담고 발소리가
나지 않도록 조심하며 살며시 현관문을 열었다. 더 이상
이 댁에 폐를 끼칠 순 없다. 일이 바쁜 것 같아 인사 없이
짧은 메모만 남겼다.

그동안 신세를 졌습니다.

고맙습니다.

남편 병원에 갑니다.

현관문을 열자 나타난 것은 전혀 기억에 없는 장소여서,
오른쪽으로 가야 할지 왼쪽으로 가야 할지도 모르겠다.

일단은 앞으로 쭉 가다가 첫 번째 모퉁이에서 오른쪽으
로 꺾었더니 커다란 창고에 이르렀다. 어쩔 수 없이 왔던
길로 되돌아갔다. 그러자 방금 지나온 길 앞에 광장이 보
였다.

저 광장을 빠져나가면 어딘가로 이어지는 길이 나올지

도 모른다. 나는 잰걸음으로 타박타박 광장까지 걸어갔다.

얼른 남편의 병원에 가야 한다.
이 깨끗하게 세탁한 속옷을 남편에게 갖다 줘야 한다.

나는 다급히 걸어갔다.

걷고 또 걸어서 이제 슬슬 병원이 나오겠거니 했던 곳에
는 커다란 산이 우뚝 솟아 있었다. 산길은 어스레하고 섬
뜩하다. 하지만 남편의 병원이 틀림없이 이 산 너머에 있
다는 생각이 들어, 용기를 내서 한 걸음 내딛었다.

그 순간, 누군가가 나의 오른손을 잡아당겼다.

"어머님, 집은 이쪽이에요."

너를 쏙 빼닮은 여자가 숨을 헐떡이며 서 있었다.

8장

모두 나쁜 사람

메모

케어매니저	싫다
파파몬	가짜
흰옷 입은 여자	싫다
남편	바람둥이
수도 수리공	사기꾼
생선 장수	치한
그 애	거짓말쟁이

에
필
로
그

늦여름

취미는 임종 준비, 삶의 보람은 손자입니다. 저는 올해로 여든한 살, 남편은 여든여덟 살이 되었죠. 덕분에 우리 둘 다 건강하고 즐겁게 생활하고 있습니다. 남편은 몇 해 전 여름 뇌경색으로 쓰러져 오랫동안 재활 치료를 위해 입원해 있었지만 지금은 건강히 지냅니다. 저도 무척 건강하고요. 코로나가 끝나면 모든 게 원래대로 돌아올 거라고 들었습니다. 자유롭게 외출할 수 있게 되면 남편, 아들 가족과 함께 여행을 가고 싶습니다. 그래서 그날까지 아들 부부가 하는 말을 잘 듣고, 체육관에서 체력을 기르려고 합니다. 불편함은 있지만 전 괜찮아요. 이 행복한 나날이 영원히 이어지기를.

저자 후기

시어머니의 상태가 변한 것을 알아차린 시기는 3년쯤 전이었다. 감정 기복이 심해져 외출한 곳에서 자잘한 문제를 일으킬 때가 많아졌다.

가령 마트에서 계산대 직원의 별것 아닌 말 한마디에 분노를 표출하거나, 세금 포함 가격인지 세금 제외 가격인지 지나치게 신경 쓰는 경우가 늘었다. 예전이라면 생각지도 못할 일이다.

그런 일들로 인해 문제가 발생한 것이다. 다른 가족의 의견을 수용하기는커녕 오히려 격렬한 논쟁을 불러일으켜, 듣는 쪽은 대체 어떻게 대응하면 좋을지 망연해지는 상황이었다.

의도를 알 수 없다. 무엇을 향한 분노인지 방향이 보이지 않는다. 말다툼이 늘어가는 모습을 코앞에서 목격하고는 한숨을 내쉬곤 했다.

그렇게 변해버린 시어머니와 대화를 거듭하고, 이틀이 멀다 하고 얼굴을 보게 된 뒤로 1년 넘게 지났다. 여러 사람들의 손을 빌려 지원을 이어가는 나날은 순조롭다고 말하기 어렵다.

오랜 세월 유지해 온 고령자들의 생활양식을 "위험하니까"라는 이유만으로 변화시키려 하면 당연히 반발도 생긴다. 그들의 존엄을 지켜주되 변경이 필요한 부분은 대담하게 바꾸고, 신중하고 느긋하게 함께 달리는 일은 인내의 반복이기도 하다.

지금은 그들의 고독과 불안을 손바닥 들여다보듯 이해하게 됐다. 고령자가 느끼는 변화에 대한 두려움과 괴로움, 고립, 그에 따른 초조함, 그런 복잡한 감정 모두가 표정으로 드러난다. 일상적으로 할 수 있던 일을 못 하게 되는 슬픔. 자존심을 짓밟혔다고 생각해 격해지는, 다른 사람에 대한 분노.

늙는다는 건 생각보다 훨씬 복잡하고 처량하며 절망적인 상황이다. 그런 가운데 심란한 감정을 품지 않고 필요한 사항을 준비하며 이성적으로 수속을 밟아나갈 수 있는 사람은 아마도 나겠지. 이는 '가족이기 때문'이라기보다 인생 선배에 대한 경의에 가까운 감정이라고 생각한다. 앞으로도 계속 그들의 가장 든든한 아군이고 싶다.

지역포괄지원센터의 한 남자 직원이 이렇게 말했다.

"치매는 말이죠, 사랑하는 사람을 공격하는 병이에요. 전부 병이 시키는 거죠."

이 말이 지금의 나를 움직이게 한다.

무라이 리코

한국 독자들에게

한국의 독자 여러분,《낯선 여자가 매일 집에 온다》를 읽어주셔서 고맙습니다.

우리 가족은 시어머니를 포함해 모두 건강하게 생활하고 있습니다. 배우자가 바람을 피운다는 망상과 환시, 환청에 들볶이던 시어머니였지만 요즘은 투약 치료가 효과를 발휘해 전에 비하면 상당히 평화로운 일상을 보내게 되었습니다.

감정적인 측면에서는 침착함을 되찾은 듯하지만 최근 한동안 시간, 날짜, 요일과 같은 일상의 감각이 애매해질 때가 늘어나, 본인의 나이와 시아버지의 나이도 모르고 며느리인 저와 누구보다 예뻐했던 손자들도 몰라보는 순간이 있었습니다. 한 가지 증상이 잦아들면 반드시 새로운 증상이 나타나는 상황이라서 그야말로 술래잡기하는 듯한 하루하루가 이어지고 있습니다.

저로 말할 것 같으면 변함없이 시간이 허락하는 한 번역과 에세이 작업을 하고, 고등학교 입시를 앞둔 쌍둥이 아들들을 밤낮없이 뒷바라지하며, 시부모님도 어떻게든 돌봐드리며 지냅니다. 삶의 낙이라면 반려견과 함께하는 호수 주변 산책과 인터넷 쇼핑! 특히 인터넷 쇼핑을 무척 좋아하는데요, 정말 신기한 우연입니다만 방금 전 한국에서 소포가 왔습니다. 요전에 아들이 주문해 달

라고 한 후드 티인데 여러분 나라의 공기를 조금
은 느낀 듯하네요.

본인뿐만 아니라 가족까지 끌어들여 심각한 상
황을 초래하는 것이 치매라는 병입니다. 늙어가
는 부모 곁에서 함께 달려야 하는 자식 세대는 근
심이 끊이지 않습니다. 그전까지는 애정이 넘쳐흘
렀던 부모가 갑자기 자신에게 눈을 부릅뜨며 폭
언을 내뱉는 난폭한 노인으로 변해버리는 공포는
말로 표현할 수 없습니다. 하지만 우리들 자식 세
대가 괴로운 상황 속에서도 잠깐 멈춰 서서, 그 거
친 태도 뒤에는 이유가 있다고 생각해 준다면 언
쟁의 대부분을 사전에 방지할 수 있을 것입니다.

용서가 안 된다고 생각될 때, 진심으로 슬퍼질

때는 다정했던 부모님 모습을 떠올리며 다시 앞을 향해 함께 걸어주세요.

지금 현재 밤낮없이 누군가를 돌보고 있는 여러분, 저도 마찬가지입니다. 일본에서 응원할게요.

2021년 11월
무라이 리코

　명절마다 보는 친척 중 치매를 앓는 분이 있다. 나와 만나는 한두 시간 동안은 정신이 아주 맑아 보이지만 그분과 함께 사는 가족들의 이야기에 따르면 증상이 매년 심해지는 모양이다. 가족들의 물건을 말없이 치운 뒤 둔 장소를 잊어버려서 모두를 곤란에 빠트린다거나, 친척들에게 받은 용돈을 어딘가에 모아두고서 매번 없어졌다고 호소한다는 식의 에피소드가 매 명절마다 추가되었다.

　그분이 뭔가를 집으려고 손을 뻗거나 그릇을 치우려고 일어설 때마다 가족들은 "해드릴 테니 그냥 가만히 계세요!" 하며 호통에 가까운 소리를 질렀다. 나는 질책을 당해 기운이 빠져 있는 그분의 등을 감싸 안는 것밖에 해줄 수 있는 게 없었다.

　많아야 1년에 한두 번 만나는 게 다인 나는 잠깐 동안이기에 살갑게 굴 수 있다. 반면 가족들은 매일 그분을 돌봐야 하니 피로가 상당히 쌓였을 것이다.

　'안타깝지만 가족들의 입장도 이해가 안 가는 건 아니군.'

　그 댁에서 우리 집으로 돌아오며 나는 늘 딱 거기까지만 생각했던 것 같다. 조금 더 솔직히 말하자면 나에게는 '거기까지만 생각했다'는 자각조차 없었다.

　이 책은 저자가 치매에 걸린 시어머니를 화자인 '나'로 설정하여 쓴, 소설에 가까운 에세이다. 이 글에서 며느리인 저자는 '너'로 지칭된다. '나'는 툭하면 뭘 잊어버리고 길을 잃는다. 예전에는 쉽게 해냈던 돈 계산을 할 수 없게 되었다. 이상한 소리가 들리고 이상한 광경이 보인다. 들리고 보이니까 그게 진실이라 믿었고, 그래서 사람들에게 말했더니 모두가 자신을 나무란다. 본인으로서는 미치고 팔짝 뛸 노릇이다.

　'나'에게는 '파파몬'으로 변해버린 남편도 나쁘고, 흰옷 입은 여자도 나쁘고, 홈헬퍼와 케어매니저도 나쁘다. 이 사면초가의 상황에 직면해 어쩔 줄 몰라 하는 '나'의 마음을 '너'는 전혀 알아주지 않는다. 이렇게 자명한 사실을 알아주지 않으므로 '나'는 '네'가 야속하다. '너'도 '나'에게 점점 나쁜 사람이 된다….

어떤 상황이나 사건에서 당사자의 입장을 온전히 느끼는 건 불가능한 일이지만, 이렇게 '나'와 '너'의 입장을 맞바꾸어 책을 한 권 써나가는 여정을 통해 저자는 그전과는 완전히 다른 각도에서 당사자를 이해하게 되었으리라. "힘내"라는 말보다 "당신의 절망과 괴로움을 이해하기 위해 노력하겠다"라는 말이 당사자에게는 훨씬 큰 위로가 되지 않을까. 나에게는 이 책이 그런 노력을 하겠다는 다짐으로 느껴졌다.

번역 작업을 마친 지금의 내게는 당사자에 대해 '거기까지만 생각했다'는 자각이 생겼다. 이 자각이 현재의 상황을 개선시키지는 못하겠지만, 다음 명절 때 그분을 대하는 내 마음이 그전의 마음과 같을 수 없을 것이다. 저자의 문장이 내 몸을 통과함으로써 일어난 변화다. 좋은 글은 읽는 사람을 어떤 방식으로든 바꿔놓는다.

2022년 8월

이지수

낯선 여자가 매일 집에 온다

초판 1쇄 발행 | 2023년 1월 5일

지은이	무라이 리코
옮긴이	이지수
일러스트	방현일
책임편집	박혜련
디자인	MALLYBOOK 최윤선, 정효진
제작	공간

펴낸이	박혜련
펴낸곳	도서출판 오르골
등록	2016년 5월 4일(제2016-000131호)
주소	서울시 마포구 월드컵북로54길 17, 711호
팩스	070-4129-1322
이메일	orgelbooks@naver.com
블로그	blog.naver.com/orgelbooks

ISBN 979-11-92642-02-4 03830